掟上今日子の挑戰狀

西尾維新 NISIOISIN

掟上今日子的挑战状

西尾维新 NISIOISIN /著

绯华璃 /译

北京时代华文书局

千本樱文库

前 言
PREFACE

文库，原本是指收纳书物的仓库和书库，也指收纳书与记事簿，以及不常用物品的小箱子。以前者为例，京浜急行线的“金泽文库站”就是以前镰仓时代北条氏用来收藏汉书用的，“金泽文库”名字的由来便是如此。东京都的世田谷区也存在着收集着珍贵汉书的“静嘉堂文库”。后者则更多地被称为“手文库”。

江户时代以来，可以放入袖袂的小开本书籍逐渐流行起来，被称为“袖珍本”。明治36年（1903年），富山房发行了小开本的丛书，起名“袖珍名著文库”。随后，明治44年（1911年），讲述战国时代的猿飞佐助和雾隐才藏系列故事的讲谈社“立川文库”发行出版。讲谈是日本民间艺术，以口语化的方式讲述历史故事的形式。而“立川文库”则是将讲谈收录成册集中出版的丛书，据统计，当时刊行量为200册左右。从那时起，文库就脱离了原本的释意，逐渐演变成了现在的类书集丛。

文库说法借鉴了日本出版业界的传统说法。而千本樱源自日本奈良县吉野山樱花盛开的奇景，世人皆称“一目千本樱”来形容樱花美景。千本樱文库的纳入作品皆为日系作品，题材包括推理、悬疑、幻想、青春、文化等类型，正如千本樱满山盛开的绝景。

现代日本，以“文库”命名刊行的丛书系列有200种以上，所谓“文库本”只不过是统称而已。日本传统的“文库本”常用的是A6尺寸的148mm×105mm，也叫“A6判”。千本樱文库的所有书籍将在“文库本”的基础上提升，达到148mm×210mm的开本标准。追求还原的前提下，力图带给读者更清晰的阅读体验。

从上世纪70年代以来，日系推理小说逐步进入中国读者的视野。随着时代更替，涌现出了各种不同风格的作家。日系推理能够长久不衰的原因之一在于设立的各种新人奖，这些新人奖能为日本文坛输送新鲜血液，不断地创作优秀作品。其中，以自由度著称的梅菲斯特奖独树一帜。梅菲斯特奖是讲谈社旗下的公募新人奖，其特色在于不限题材，不设字数限制，能够充分发挥作者的想象力和创作力。因此，获奖作品都具有鲜明个性。同时，如森博嗣、京极夏彦、辻村深月等人气作家也都出道于梅菲斯特奖。梅菲斯特奖作家系列的引进出版，会给读者带来更多的个性之作。

西尾维新作品的风格，即使放在梅菲斯特奖的历史上，也是独具一格的。2002年至2005年期间刊行的“戏言系列”兼具文学性与娱乐性，打破了本格推理小说解谜为主，不注重登场角色的传统。其作品中，经常出现形形色色、个性怪异的角色形象：喜爱自言自语的大学生、醒来就会失忆的侦探等……千本樱文库会陆续为各位读者带来他们的故事。

千本樱文库编辑部

作 家
WRITER

鲇川哲也奖作家系列

- 相泽沙呼
- 城平京
- 芦边拓
- 柄刀一

梅菲斯特奖作家系列

- 西尾维新
- 井上真伪
- 天祢凉
- 殊能将之
- 木元哉多
- 北山猛邦

其他作家系列

- 乙一
- 三津田信三
- 仓知淳
- 深木章子
- 横关大
- 野崎惑

掟上今日子的挑战状

第一章

今日子小姐的不在场证词

1

鲸井并未刻意想要达成完美犯罪。他原本就不是侦探小说的忠实读者，对于完美犯罪这个词的意思，也没有正确的理解——在染指犯罪的那一刻，就已经距离完美十万八千里了。再说，倘若真有所谓的完美，鲸井就不用退出游泳界了发生在他身上这种有付出却得不到回报的现状，早已证明这个世界本来就是不完美的。

然而要说“即使不完美也必须追求完美”也有道理，纵然无法让整体都达到完美无瑕，倒也不是无法让各个部分趋近于完美——鲸井是这么想的。否则这一切也太辛酸了。而且只要让一部分完美，或许就能塑造出整体也很完美的假象。

说得极端一点，不管留下多少证据，不管动机多么明确——只要嫌犯的不在场证明牢不可破，法律就无法将他定罪。

不在场证明——没错，就是不在场证明。

案发时不在现场的证据。

真正需要的，说穿了，只有这一点而已。

因此，为了制造牢不可破的不在场证明，鲸井在今天下午三点左右走在闹区街头——不过，他并没有具体的计划。只是以完美为目标，不管三七二十一地先采取行动再说，真的没有什么缜密的计划——鲸井有点神经质地想，万一把行动安排得太仔细，可能会留下他企图制造不在场证明的痕迹。更何况事情一旦曝光，本来鲸井就是一定会被怀疑的，所以再怎么神经质也不为过。

说到最确实的不在场证明，无非是让不特定多数的人目击到他，为他证明他的确在那里——然而，世人其实意外地对别人视而不见。鲸井又不是名人，如果要在不特定多数人的眼中留下印象，就只能采取怪异的行径了，例如在大马路上胡闹之类的。但是他尽可能想避免如此引人侧目的方式。要是以不寻常的方式受到瞩目，可能会对后来的行动造成阻碍。

有鉴于此，他希望尽量能以自然的感觉让第三者留下印象——第三者。是呀，当然必须是第三者才能为鲸井的不在场证明作证——而且愈是无关的第三者，他的不在场证明愈完美。

听说用家人的证词作为不在场证明是不易被采信的。这么说来，朋友的证词也绝对算不上是有力吧。因此，鲸井想找个一不沾亲、二不带故，最好是初次见面的人。

鲸井一边思考这件事，一边在人来人往的街道上徘徊。突然，他停下了脚步。准确地说，是停下了目光——他的目光停留在一名坐在露天咖啡座里阅读文库本，优雅地喝着咖啡的女性身上。

简直是美如画的身影。因为那一头白发，让鲸井一瞬间错判了年龄，但是再仔细一看，她似乎是与鲸井年纪相仿的女性。如果是为了追求流行而染白发也太古怪……然而，及膝的紧身裙搭配七分袖丝质衬衫的装扮，散发出落落大方的气质。就连戴着的眼镜，也有种说不出的知性。

当然，对鲸井来说，证人并不是非她不可——是谁都无所谓。可以是坐在隔壁桌的人，也可以是坐在对面那桌的人。然而，要是在挑三拣四之时，错过他想制造不在场证明的时间——下午三点，那可就一点意义也没有了。

想来，那名白发女子可以说是再适合不过的对象。发型那么有特色，改天也比较容易找到才是，再加上她还是个美人胚子。

她必定能证明我的无辜——鲸井这么想着，展颜一笑，走上前去。

连她是谁都不知道。

2

“请问这里有人坐吗？”

鲸井问道，同时拉开白发女子正前方的椅子——只见她将视线从正在阅读的书本里抬起，看了他一眼。

“请坐。”女子答应得意外爽快，“我正想找人聊聊天。”

原本想要先发制人的鲸井，结果反而感觉自己像是被将了一军，但对方既然都这么说了，没有理由不坐下——鲸井瞄了一眼手表，坐了下来。

他接着跟走过来的服务生点饮料——不过，菜单上的条目全部是咖啡，各式品种分类列了一大排，却没一种是鲸井听过的。

这里是咖啡专卖店吗……乍看之下，白发女子手边的咖啡杯中毫无加过砂糖或奶精的痕迹。看样子她喝的是黑咖啡——跟她外表给人的轻柔印象不太一样。倒也不是要与之抗衡，但鲸井也点了一杯黑咖啡。

“你一个人吗？还是正在等人？”

“一个人。我基本上都是一个人。”

只见她合上看到一半的书。

书本包着看起来应该是手工制作的书衣，所以看不见书名。

“今天下午我不用工作，时间多得不知该如何打发。不过嘛，这也是常有的事。”

“工作……嗯，你的工作是？”

平日下午坐在这儿，应该不会是上班族吧——不过，这一点鲸井也差不多。

“嗯，细节请恕我无可奉告，总之就是受托进行各种调查。只是没想到今天的调查在中午以前就结束了……工作效率太高也挺伤脑筋的呢。”

女子悠哉地说道——她的一举一动看起来优雅从容，一点都不像能够迅速处理工作的人。调查……是做什么问卷调查吗？的确，要是被这么标致的美人叫住，无论是什么问卷，都会停下来回答吧。

“您又是做什么的呢？”

“我在游泳教室当教练。”鲸井表明身份。

“哦，难怪，我就觉得您身材很健壮，是因为工作所以练过呀。”

她这么说让鲸井颇感意外，自己的打扮应该没有多强调身体线条才是……

“该怎么称呼你呢？我叫鲸井。”

“我叫今日子。请多多指教。”

“今日子小姐。”

居然这么轻易地问到名字，把鲸井吓了一跳，也因此不禁没头没脑地复诵了她的名字。这个人——今日子小姐——对于素未谋面、萍水相逢的男性，难道都没有戒心吗？鲸井曾认为只要到时候能帮他做出不在场证明，纵使女子的态度冷若冰霜也无妨……但出乎意料地，这种状况似乎大有可为。不过，与其说是没有戒心，感觉该说她是游刃有余会比较正确——有种不管发生什么事，都能靠自己本事解决的从容。

说不定“今日子”也根本是假名——就算是那样，鲸井也无所谓。

“今日子小姐，你常来这家店吗？”

鲸井一边啜饮着店员送上来的咖啡（附带一提，以鲸井的常识为基准，这杯咖啡的价格贵到匪夷所思）一边问（同样以鲸井的常识为基准，这杯咖啡的苦涩和酸味也令人匪夷所思）。

这个问题不只是出于好奇。

万一今日子小姐是外地人，万一她是第一次来到这个城市的这家店，鲸井担心接下来要追查她的下落会有困难——或许是他杞人忧天吧，但是为了制造出完美的不在场证明，还是小心驶得万年船。

“呵……你猜呢。”

然而，今日子小姐却来了个顾左右而言他。

“看店员的态度，你好像是常客，但其实我也不知道。”

“……哼，是吗？”

被她微笑着回了这么一句，鲸井也不知道接下来该怎么出招——不过既然中午以前还在这一带工作，想必应该不至于住得太远。到底是刚认识，实在不能连地址都打探……

考虑到与不在场证明的证人之间应该保有适当的距离感，还是不要问她电话号码或邮件信箱比较好。应该要谨守与她建立“萍水相逢的关系”。虽然觉得有点可惜，但反正迟早会再见面，就耐着性子从长计议吧。

总之，现在先专心制造不在场证明。

“你在看什么？”

鲸井指着今日子小姐合上放在一旁的书——是一本有点厚度的文库本。老实说，他一点兴趣也没有，但是又不能让话题戛然而止。

“推理小说。须永昼兵卫的短篇小说……你看过吗？”

今日子小姐拉开书衣，让鲸井看封面，想也知道是他没看过的书——就连书名也没听过。然而推理小说这个名词让他忍不住心惊肉跳了一下，毕竟他正在制造不在场证明——

“好看吗？”

“很好看哦。我大力推荐。尤其我刚才看完的短篇《改心刑》，实在真是篇杰作。”

“哦？是什么样的故事呢？”

“这我可不能说，说了就破梗了。这可是推理小说的大忌。”

“有什么关系，告诉我嘛。”

“不行。”

鲸井其实也没那么想知道，只是被如此顽强地一再拒绝，反而会更加好奇也是人之常情。

“那就在不会破梗的范围内。”

“因为是短篇小说，不管怎么说都会破梗的……算了，硬要说的话，就是被捕的凶手后来改过自新的故事。”

这样说也等于没说。

只能自己看了吗……鲸井心想，总之把书名和作者写进手机的记事本。老实说他不认为自己会有机会看，但或许会有什么帮助也说不定。

“除此之外，还有什么推荐的推理小说吗？”

既然她的兴趣是阅读，只要问她对于自己喜欢的书有什么感想，就足以消磨时间了。但是照这样看来，推理小说的破梗风险可能会成为瓶颈，让今日子小姐噤口不言，所以鲸井就像这样改变了提问的方式——而这个策略似乎奏效了。

“我喜欢的推理小说都是出版很久的书……这样也没关系吗？”

“嗯，没关系。”

“那么……”

今日子小姐于是娓娓道来。

鲸井则是全神贯注地听她说话——目的当然是为了制造不在场证明，但或许多少也是因为兴高采烈地介绍着自己喜欢哪些书的今日子小姐，看起来非常有魅力。

3

在那之后，鲸井和今日子小姐讲了一个小时以上的话。老实说，相得甚欢到让他想一直跟她聊下去，不过这样可就本末倒置了。

“啊……糟了。抱歉，我晚上还有约，得先告辞了。”

岂止像是想找借口离开，根本就非常不自然——但鲸井还是开了口。他拿起两人份的账单，起身离席——今日子小姐只应了声“这样啊”，也没有特别挽留。

说来在临别之际，今日子小姐虽然笑眯眯地挥着手，却说出了“那么，下次有缘再见面时，你要再从头追求我哦”这般难以揣测其用意的词句。或许鲸井突然离席，还是令她不太开心吧——但这也无可奈何。

再拖下去，让别人先发现现场可就糟了——第一发现者非得是鲸井不可。甚至说他就是为了成为第一发现者，才企图制造完美的不在场证明也丝毫不为过。鲸井心急如焚地快步走向最近的车站，跳上电车。

没花多少时间，鲸井便抵达了目的地——宇奈木住的公寓，并且前往这栋公寓的 702 号室。那是他过去曾经频繁造访的房间，甚至连备份钥匙都有，没什么好犹豫的。

可是尽管这么想，鲸井还是很紧张。“现在回头还来得及”“肯定还有其他的办法”之类的诱惑，让他差点招架不住——然而，他心里也很清楚，那都是不可能的。

已经不可能再回头了。

只能做该做的事，布该布的局——他作势摁下 702 号室的门铃，想也知道不会有人应门。再摁了两三次之后，才总算从口袋里拿出备份钥匙。

由上而下依序解除两道锁，把门打开。在昏暗中脱下鞋子一脚踏进去的瞬间，他就已经下定决心了。不过与其说是下定决心，不如说是他的感情已经死了会比较正确。

自己是第一发现者，所以不用担心指纹的问题——打开一进屋就可看到浴室门，没有半个人——只见插在洗脸台插座上的电线拉成一条直线，往泡澡间的方向延伸。通往泡澡间的折叠式拉门夹着电线，并未完全关紧。

鲸井照样拉开那扇门，从洗脸台延伸过来的电线，就这样伸进水中——连着吹风机浸在偌大的浴缸里。而就如他所料。

如他所料。

宇奈木死在了浴缸里。

电死……他的痛苦只是一瞬间吗？还是持续很久呢？没有体验过的鲸井终究无从得知。总之他静静地从长裤口袋里拿出手机，有生以来第一次，打电话给那个不用输入密码就能拨打的号码。

然后尽可能用充满慌乱的语气这么说。

“喂……喂？警……警察局吗？！有人死掉啦！”

4

负责侦讯鲸井这个第一发现者的，是个长相狰狞，名叫肘折的

警部 *。因为他长得实在太狰狞了，甚至让鲸井犹豫了一下该不该解开门链——没想到现实生活中，真的有这种长得活像是漫画人物的警察，还以为自己闯进了虚构故事的世界里——但这也可能是因为他还没有完全回到现实里来。

肘折警部以从他那外表完全看不出来的绅士态度，向鲸井询问发现尸体的来龙去脉——还考虑鲸井发现“朋友”尸体的心情。该说是人不可貌相，还是人不该心存偏见呢？这让鲸井甚至产生了罪恶感。

话说回来，都在做伪证了，会产生罪恶感也只是理所当然。

“受邀前往对方家，去了以后意外发现朋友死在浴室里”——这是鲸井证词的主旨，此外他也没多说任何话。想要自圆其说反而会露出马脚。动脑是警方的工作，不是鲸井的工作。

当然，警方并未当场问他不在场证明——目前这件事大概还被视为发生在浴室的死亡意外，在验尸报告出来以前，也无从推定死亡时间。今天在露天咖啡座制造的不在场证明，大概要等到明后天才会产生效果。

届时如果还有机会见到今日子小姐，得要为中途离席的失礼行为道歉才行——鲸井心里想着这些有点偏离主题的事，离开了案发

---

* 警部：为日本警察官阶之一，位于警视之下、警部补之上。

现场。

而该说真不愧是警察吗？警方的动作比他预想的快很多，肘折警部和他的两个部下隔天就找上鲸井的住处。也罢，“在浴室里吹头发不慎触电身亡”这种故事本来就有点牵强，马上怀疑是凶杀案也没什么好奇怪的。

不要紧。不管故事再怎么牵强，只要有完美的不在场证明，谁都无法判鲸井有罪。

“鲸井先生，不好意思，你和被害人宇奈木先生之间的关系，似乎称不上朋友——以前你们之间的友情或许好到他会把备份钥匙给你，但现在的关系听说非常恶劣。”

警方用了被害人这个词汇。宇奈木那家伙是被害人吗……总觉得听起来有点怪怪的，让鲸井忍不住想要摇头。

“因为宇奈木先生的关系，害你被逐出游泳界，你似乎见人就抱怨这件事对吧……还听说你和宇奈木先生这阵子几乎处于绝交状态。尽管如此，你昨天还去拜访了宇奈木先生？”

鲸井早就料到事情会变成这样。警方只要稍微向宇奈木身边的人打听一下，就能轻易地掌握到这个事实——早知如此，他就不该随便说宇奈木的坏话。只可惜鲸井并没有预知能力。

“我说了，是对方找我去的……我想彼此都是大人了，也该忘记过去的仇恨，若能重修旧好也不坏。”

“听说你欠宇奈木先生钱是真的吗？”

插进来说这句话的，不是肘折警部，而是他身后的部下。瞧他那血气方刚的表情，他似乎已经认定鲸井就是凶手——这人该不会是宇奈木那家伙的粉丝吧。

他不记得自己向宇奈木借过钱，也许在交情还不错的时候，曾向他借过一些生活费也说不定——可是警方居然会问起这个，感觉有点搞错方向。

“查过他的房间之后，发现有大笔现金不见了。鲸井先生，虽然你说自己在运动中心担任教练，但其实是代班的非正职，几乎没有排班——你是否正在为钱烦恼呢？”

没想到会被说得像是无业游民一样，不过，既然对方将满腹狐疑表现得这么露骨，他也乐得继续照剧本演下去。

“我不知道。难不成你们是在怀疑我吗？”

“抱歉。是我管教不周。”

肘折令人意外地低头道歉——面目如此狰狞的警部向他道歉，反而使他乱了方寸。如果肘折是故意为之，那还真是不容小觑。

“我们只是想消除所有的疑惑罢了。所以是否能请鲸井先生说明一下，昨天下午三点左右，你在什么地方？做了些什么呢？”

“这是在确认所谓的不在场证明吗？”

鲸井噗哧一笑，这么答道。演技轻佻地就差没把“还真是跟在刑警片里看到的一样呢”说出口——但“那个场景”不过只是日常中的一个镜头，马上想起来也不太自然。应该要先假装回想一下才是。

“如你所说，我的工作不太稳定。嗯，我的确是想给宇奈木买点伴手礼，所以提早出门，在外面晃来晃去……”

“伴手礼？”

“啊，不过我最后什么也没买。虽说是久别叙旧，我也不想让他以为我故意讨好他……”

“你一个人去买东西吗？”

管教不周的部下问道。

“嗯，所以没有人能为我做不在场证明……”鲸井说到这里，装出一副猛然想起似的模样。“啊，可是，对了，这么说来……三点左右对吧？宇奈木那家伙是在这个时间遇害的吗？”

“还不确定是否为他杀。别问那么多，请你回答问题就好。”

肘折警部制止探出身子威吓的部下，继续以充满绅士风度的态度问道。

“你刚才说‘这么说来……’请问是什么意思呢？”

“我叫住一位女士。大概是三点左右吧……我们聊了一阵子。”

“女士？是吗。是你认识的人吗？”

“不，是初次见面的人……”

“还去搭讪妹子哦——”另一个部下不屑地说。到底是干警察这一行，价值观真够死板。对于被形容成搭讪妹子这种下流行为，鲸井也很不以为然。

“我们只是一起喝咖啡而已，时间也只有一个小时左右。分开的时候也没向她要电话，应该无法成为不在场证明吧……”

“不，请巨细靡遗地告诉我店名和那位女士的特征。我想应该可以向她求证。”

那当然。不行的话就麻烦了。毕竟把求证的工作交给警方，可是这个完美不在场证明的关键。

“不好意思，我不记得那家店的名字了，也忘了有没有拿收据……”

“那你记得地点吗？”

“记得。毕竟是昨天的事，不可能马上忘记——”

鲸井以不至于太刻意的态度，支支吾吾地从最靠近的车站开始说明店的位置。肘折警部的部下立刻用手机的地图应用程序轻而易举地找到那家露天咖啡座的地点，看来倒也不是完全管教不周的样子。

“嗯。那么，那位女士是个什么样的人呢？”

“呃……年纪大概跟我差不多，但是满头白发——”

“什么？！”

那一瞬间，始终保持绅士态度对待鲸井这个“嫌犯”的肘折警部突然错愕地大喊一声。鲸井对他突来的这一吼大惑不解，但又不知道是什么刺激到他，只好继续说下去。

“是个满、满头白发，气质落落大方，很冷静，戴眼镜的时髦女性……边看推理小说，边喝着黑咖啡。名字、名字是……”

“今日子小姐。”

被抢先一步说出来了。

鲸井大吃一惊——他怎么会知道？

无视于鲸井的惊讶，肘折警部——还有他那两个部下，全都双手抱头，一脸苦闷。

到底是怎么回事。从他们的态度来看，他们似乎认识“今日子小姐”，再不然也认识像是今日子小姐的女性。既然如此，求证起来就省事多了。原本是件可喜的事，但又看他们个个抱头，事情似乎没这么简单。

还是因为鲸井身为头号嫌犯的不在场证明想必能成立，所以为此悲叹不已呢？鲸井这么想，但是肘折警部好不容易再度开口时，他所说的话却与鲸井的预期正好相反。

“鲸井先生，你和那个人喝咖啡是昨天的事吧？那么，虽然很值得同情，但是你的不在场证明是无法成立的。”

“啊？”

“因为那个今日子小姐——掟上今日子小姐是忘却侦探。”

忘却——侦探？

5

“什么？完全不认识。鲸井先生？谁啊？完全不记得。我不记得前天去喝过什么茶或咖啡。不管是在上午还是下午，我到底做了些什么，我一概不知道。”

第二天一早，被请到警察局来的忘却侦探果然给了这般意料中的回答，肘折警部与昨天在鲸井家门口时同样，再度抱头苦闷——忘却侦探。

置手纸侦探事务所所长——掟上今日子。

满头白发，戴眼镜，气质落落大方的年轻女性——穿着非常时尚又有品位，据说从来没有人见她穿过同一件衣服。还有人将她当成偶像崇拜，虽然是所谓的“名侦探”，但在名侦探之中也算是特立独行的一人。

“……话说回来，你又是谁？好像找朋友出来一样找我来，我们以前在哪儿见过吗？”

她一头雾水地这样问——这句话让肘折警部全身无力。不夸张，过去跟今日子小姐同生共死处理的棘手案件——像是“三连续绑架撕票案”或是“信号亡命未遂事件”——都是他的警察人生之中印象深刻的记忆。但本人却每次见面都用这种充满距离感的态度跟他说话，即使已经听过再多遍，依旧不是件愉快的事。就算理智知道那是忘却侦探的特征，也始终无法淡然处之。

“我叫肘折，肘折警部。以前曾经和你一起共事过。”

“是吗。居然曾协助警方办案，当侦探实在太好了。这真是我的荣幸。”

今日子小姐有点答非所问——然而，她又接着说。

“可是，那些我都已经忘了，所以请不要对我旧事重提。严格遵守保密义务是侦探的职责，所以我不能记得任何自己做过的工作。”

掟上今日子——就是这么回事。

肘折警部并非脑部的专家，并不了解这方面的正确理论，只能当成是一个事实——今日子小姐的记忆每天都会重置——她无法累积经验。

无论度过什么样的一天，到了第二天早上便会忘得一干二净——无论解决了多么棘手的案件、介入过什么样的机密，都不会记得。

在这个深怕个人资料或机密情报外泄的时代，再也没有比这样更能严格遵守保密义务的方法了——所以置手纸侦探事务所在业界内确立了独树一格的地位，无人能望其项背。

虽然不能大声说，就连警察组织的高层，也曾多次受到她的照顾。警方求助民间的侦探——这种事原本是不容许发生的，不过，反正受到委托的侦探会忘记受托过的事实，所以也不会演变成牵扯不清的利益关系。

由此可知，忘却侦探在某些情况下是非常珍贵的帮手——只不过，一旦要以不在场证明的证人身份参与案件之时，则又另当别论了。

与其这样，要是嫌犯有牢不可破的不在场证明，可能还比较好解决——当然，只要仔细询问那家露天咖啡座的店员，或是检查附近监视器的影像，也许也能验证他的证词，但最重要的那个和嫌犯面对面说过话的人如果完全不记得这件事，问题就大了。

肘折警部这辈子从未见过这么不完美的不在场证明——话虽如此，责备眼前的侦探也无济于事。

“我明白了。今天这么一大早就让你跑一趟真不好意思，今日子小姐——谢谢你。”

“好说。没能帮上你的忙真不好意思。”

今日子小姐说完，就这么坐着深深地低下头去，头低到几乎都要撞上桌面了——而且一直低着头，迟迟没有要抬起那满头白发的意思。

你不用这么自责——肘折警部正要打圆场，但是仔细想想，今日子小姐根本不记得那件事，自然也没有感到自责的道理，那么她这个道歉，应该只是做做样子而已。

在肘折警部陷入沉思的当口，今日子小姐终于抬起头来，笑容可掬地看着他——为何要笑脸相对？

“……呃，今日子小姐。”

“在，什么事？”

“这……我已经没有事要请教了，你可以回去了。”

“是吗。”

说归说，但侦探却丝毫没有准备打道回府的样子——甚至不打算站起来。只是保持沉默，用眼神倾诉着什么。

“请问，你还有什么事吗？”

“啊，没有，只是你这样拼命催我，我也必须斟酌再三才能开口。”

今日子小姐一副就在等你这句话的态度。

“身为一介市民，我对于无法帮上警方的忙感到非常抱歉。因此，可以让我置手纸侦探事务所的所长——掟上今日子助警部一臂之力吗？虽然只是绵薄之力，但我可以帮忙调查这个案子哦。”

“你，你是说……你愿意帮忙吗？”

“是的，当然我也会严格遵守保密义务。”

今日子小姐说出其身为忘却侦探的招牌宣传词——这可真是充满魅力的诱惑。可以说是求之不得——不谈什么保密义务，置手纸侦探事务所之所以受到警方重用的埋由，主要还是因为这位名叫掟上今日子的侦探，本来就具有出类拔萃的本事——没本事的话，口风再怎么紧也无法受到重用。

无论什么样的案子，都能在一天内解决，速度最快的侦探（也是因为如果要花到一天以上，她就会忘记案子的内容）——这样的今日子小姐，居然愿意免费协助调查。

“咦？什么免费协助？”

今日子小姐一脸“你在说什么莫名其妙的话啊”的表情，清楚明确地把丑话说在前头。

“成年人怎么可能无偿做事？不过要是现在委托的话，我可以给你特别优惠，消费税我自己吸收。”

“……这种喊价的方式是违法的。”

她果然没有一丝无法作证的愧疚，这一切只是明目张胆地在拉生意。

以优雅从容的态度，精明能干地拨着算盘。

这该说真不愧是职业侦探吗……今日子小姐并不是基于好奇或关心在解谜的侦探。

“算了，你能让我打九折，就要谢天谢地了。好吧，就正式请你帮忙，今日子小姐。”

肘折警部说完，伸手出去要和她握手，但当事人却一脸茫然。

“消费税……什么时候变成百分之十的？”

6

虽说只有区区几个百分点，但是不小心给了比预计还多的折扣，仍然让今日子小姐痛悔不已。当她还在懊悔之时，肘折警部已经办好手续。也就是他已经向直属的上司取得向民间的侦探业者请求协助的许可——上司起初虽然面有难色，但一听到对方是置手纸侦探事务所的掟上今日子，态度立刻有了一百八十度的转变。上司也向上司的上司征求同意，上司的上司继续向上司的上司的上司征求同意——一个小时后，所有问题全都迎刃而解。

除了由于忘却侦探的能力早已受到肯定之外，纯粹也是因为警界高层有很多这位才女的粉丝。

至于直接面对今日子小姐的肘折警部，则无法单纯地称之为粉丝，他反而因为今日子小姐实在很容易惹麻烦，对她有些敬而远之……尽管如此，为了破案，即使稍微被她的任性耍得团团转，他认为也不足挂齿。

“死者叫宇奈木九五——是一名游泳选手。你知道这个人吗？”

肘折对好不容易才从议价失败的打击里恢复过来的今日子小姐说，只见她摇摇头，说了句“请恕我才疏学浅”轻轻否定。

这也难怪——或者该说是理所当然。

对于就连消费税上涨的事都不知情——正确地说是忘了——记忆无法连贯的今日子小姐而言，她的知识从某个时期开始就没有再更新。当然不可能会知道最近几年才逐渐展露头角的游泳选手宇奈木。

更别提嫌犯鲸井的事了。

“二十七岁吗？才这么年轻，真可怜。”

今日子小姐对着死者的大头照合掌说道。还以为她会默哀几秒，没想到她马上接着问。

“死因呢？”

这方面的情绪切换之迅速，专业得就连警方也甘拜下风。

“在浴室里触电身亡……以在自己家里死亡的案例而言，浴室算是最为常见的地点。但如果死因是触电身亡，则又另当别论了。”

肘折警部说着，正要从调查资料里拿出死者的尸体照片，却顿时犹豫了一下。想到让女生看这种尸体的照片会不会太刺激，使他有些迟疑。

“别担心，警部先生。”反而是今日子小姐开口，“即使看到再凄惨的案发现场照片，我明天就会忘记，所以不会造成心理创伤的。”

对了，这也是忘却侦探的优势之一。忘却侦探是和这种职业病无缘的——虽然不是非常有自信，但肘折警部的记忆力也还算与常人无异，所以只能从旁地想象——只要以“反正会忘记”的心态面对，或许人就不会再感到恐惧或厌恶了。

他也不确定这样是不是一件幸福的事……至少身为侦探，可以冷静地下判断，不会受到情感的左右。

肘折警部递给她几张照片——是宇奈木死在浴缸里的照片。

“哎呀，死者的表情比我想象的还要平静呢。听警部先生说是电死的，我还以为死时会双眼圆睁，嘴巴大张呢。”

“也是有那样的……但这次大概没什么痛苦吧。”

“游泳选手居然死在浴缸里，听起来好讽刺。嗯……但真不愧是运动选手，肌肉好结实。”

浴缸里的宇奈木是赤裸裸的，对此脸不红、气不喘地进行检视的今日子小姐——肘折警部原本认为这些照片对于女生而言过于刺激，结果似乎就连这一点也是多虑。

“浴缸里的是吹风机吗？有电线延伸出来……嗯？也就是说，是在泡澡时不小心把吹风机掉进浴缸里，因而触电身亡？”

“警方一开始是这样想的。可是……”

“不是那样吗？”

肘折警部点点头。

不过，当然还无法确定必是如此。世上有很多莫名其妙的人会以令人难以置信的方式使用各式各样的电器。不然家电产品的说明书就不会厚成那样了——边泡澡边用吹风机吹头发的行为几乎与自杀无异，但就算有胆大包天的勇者敢这么做，或许也没什么不可思议的。就算是勇者，也可能会不小心失手让吹风机掉进浴缸里吧。

“可是，实在很难想象前途无量的游泳选手会这么窝囊……抱歉，死得这么不光采。比起这样……”

“比起这样，假设有个第三者，把吹风机放进宇奈木先生正在泡澡的浴缸里还比较合理，是吗？”

这次连点头都来不及。一再地被抢先一步，总觉得自己的推理很肤浅。

“若是如此，我也有同感。”或许是体察到肘折警部心中所想，今日子小姐又补了一句，“虽然是很与众不同的杀人手法，但是比起打死或刺杀身体锻炼得很结实的运动选手，趁对方正在洗澡的时候偷袭，某种程度上来说算是很合理。毕竟全身赤裸也比较难反抗……”

“……今日子小姐刚才说游泳选手死在浴缸里是件讽刺的事，其实更讽刺的是，听说宇奈木先生在粉丝之间素有‘泳池畔的鳗鱼’之称呢。”

“鳗鱼？哦，因为是宇奈木先生嘛。可是，这有什么好讽刺的？”

“唉，因为电鳗……”

“……原来如此。毕竟触电身亡。不过，电鳗并不是鳗鱼哦。”

所以要这样穿凿附会，有点过于牵强呢——被今日子小姐这么一说，肘折警部感觉自己有些挂不住面子，可是他马上重新打起精神。

“因此，警方认为这可能是与死者关系亲近的人刻意所为……于是我们立刻将宇奈木先生身边的关系过滤一遍，没想到第一发现者，同时也是死者的朋友，就是最可疑的嫌犯。”

“对于像我这种侦探而言，怀疑第一发现者就像是常识一般……那位先生就是和我喝咖啡——正确地说是请我喝咖啡的鲸井先生吗？”

“是的，就是鲸井留可……他声称自己是死者的朋友，但他们的友谊其实已经是过去式了，听说自从某个时期以后就几乎没有往来。”

“……你是指他们变得疏远吗？”

“不只是疏远，应该说是交恶，说关系糟透也不为过。虽然还无法判断是否会因此萌生杀意……但是，这样的人居然是第一发现者，这一点实在不能等闲视之。”

“的确不能等闲视之呢。”

今日子小姐耸耸肩说。

“如果是推理小说，反而会因为太过可疑，不会觉得他有嫌疑……但毕竟那是小说。只是，鲸井先生成为第一发现者并报警的时间，跟死者的推定死亡时间有出入对吧？才会找我替他的不在场证明作证。”

“你能举一反三真是太好了。死者的推定死亡时间为下午三点五分。我想请教你的，就是鲸井先生当时的不在场证明。”

“三点……五分？推定死亡时间可以精准到以分钟为单位吗？”

今日子小姐一脸诧异地问道——这也难怪，只要没有目击到死亡的那一瞬间，推定死亡时间通常都会在几个小时范围内。即使发现得再早，应该也无法缩小到以分钟为单位。

唯有这次，这点是办得到的。

“因为屋里的断路器跳掉了。大概是在吹风机掉进浴缸里的时候吧。”

“是哦。”

“结果搞得室内的电器全都停下来了——这使得从断路器跳掉的时间，就能判断出宇奈木先生触电身亡的时间。”

“……这样啊？可以知道断路器是什么时候跳掉的吗……”

“比如说，像是预录功能就在那一刻停止录像啊。只要调查录下来的电视节目中断的时间……”

肘折警部说到一半，发现今日子小姐的白发四周飞舞着问号——对了，必须先向她解释预录功能。那种录像机和吹风机不一样，是最近才问世的家电产品，所以不在今日子小姐的记忆范围内。

“是哦，原来如此。可以连续几天，二十四小时完整地录下电视节目，真是惊人的功能啊。要是我也能有这么优秀的记性就好了——可是这样也只是知道断路器跳掉的时间，不代表就能知道死者的死亡时间吧？”

“……这两者有什么不同吗？”

“可能有，也可能没有。举例来说，只要让预录功能在某个时刻停下来，或许就能假装断路器是在那个时候跳掉的……”

今日子小姐示范的推理让肘折警部大吃一惊——当然，若以原理上来说，就像是先拨动时钟指针之后再加以破坏那样，与传统的不在场证明有异曲同工之妙，但是刚刚才知道何谓预录功能的今日子小姐，竟然能立刻建立起这样的推理，果然是名不虚传的大侦探。

“如果只有预录功能，或许是这样没错，但今时今日，房间里多的是家电呢。要让所有的定时装置同时停止，我想并不容易。”

“这样呀？嗯，这部分等一下到了现场再确认就好。鲸井先生……最可疑的嫌犯说他在推定死亡时间——三点五分的时候和我在一起吗？”

“是的。”

“那他就不是凶手啦。”

“……如果你能证明他不在场的话，的确就不是。”

先不管今日子小姐在言谈之中似乎把这之后要带她去案发现场当作是前提似的——那个不在场证明的确是个瓶颈。

即使不完美，嫌犯还是有不在场证明。

“我的证词一点也靠不住。所以鲸井先生还是最可疑的嫌犯呢。”

今日子小姐讲来满不在乎。这么一来，肘折警部甚至有点同情鲸井了——本来，应该再也没有比名侦探担保的不在场证明更完美的不在场证明了。不过这个前提是他不是杀人犯，才值得同情——诚如今日子小姐所说，眼下他的确还是命案的头号嫌犯。

“鲸井先生说是因为死者约他才去对方家吧？这件事求证过了吗？”

“求证过了。手机里有通话记录。最近宇奈木先生主动找过鲸井先生好几次——通话内容不得而知，但也可能是催他还钱。”

“如果是那样，或许真会成为杀意的导火线呢。嗯……只是这么一来的话，又会产生别的疑问了。”

“别的疑问？什么疑问？”

“嗯，根据这份调查数据，鲸井先生以前曾是与宇奈木先生旗鼓相当的游泳选手，目前也仍在运动中心当教练。由此可知，他对自己的体力应该是有自信的。这样的人会选择这么复杂的杀人手法吗？”

这倒是肘折警部没想过的着眼点——从这两天见到鲸井的印象来看，他自游泳界引退之后，似乎也还毫不懈怠地锻炼身体。若说是工作需要，也多少是有需要吧。但是毕竟他那份教练工作也不是正职，或许单纯只是现役时代养成的习惯。

总之，如果假设他采取趁人泡澡时电死对方的杀人手法，是为了避免与宇奈木正面冲突，倒是不太符合鲸井给人的印象。

“就算是有练习，可能也打不赢现役运动选手宇奈木先生——或许凶手是这么判断的。如果是这样，胆子还真小呢。”

“也可能是……为了以防万一吧。”

“抑或是——”

今日子小姐将调查资料整叠放在桌上。看样子，她已经全部看了一遍。

“需要用那种杀人手法来制造不在场证明。”

“用来……制造不在场证明？”

“虽然我无法作证，但如果鲸井先生的不在场证明是真的，事情应该就是如此——为了让自己的不在场证明成立，他只能用这种方式下手。”

7

要带身为一般民众的今日子小姐进案发现场需要另行申请许可，所以抵达宇奈木家时已经过了中午。肘折警部鼓起勇气约她吃午餐，却被委婉地以“现在没有那个美国时间”为由拒绝——不过，无法从事一天以上调查的忘却侦探，没有时间悠闲吃饭也是事实。也罢，能和她在警车里坐着吃甜面包，就已经要谢天谢地了。

“一个被视为奥运金牌候选人的运动选手，居然住在这种……该怎么说呢……还真是普通的公寓啊。因为是名人，我还以为他会住在安保系统更完善的地方。”

“真的在奥运场上拿到金牌的话，或许又会不一样了……运动选手这个职业，似乎不像外表给人的感觉那么有赚头。”

当然，比起住在两层楼老房子的鲸井，宇奈木的生活环境算是好得不得了了……看来知名度似乎不见得一定等于收入。

“大门不会自动上锁，出入口也没有监视器……电梯里虽然有监视器，但是只要走楼梯，就可以避开了……宇奈木先生的房间在七楼对吧？”

“是的，因为是 702 号房。”

在进入现场以前，今日子小姐就已经开始取证，直到 702 号房前——警方的取证工作已经告一个段落，所以现在不再管制进出，也没有人负责监视。肘折警部拿出向管理公司借来的钥匙开门。

“宇奈木先生一个人住对吧？以独居单身男性来说，他还真是租了个很大的房间呢。同样的租金，应该可以找到设备更完善的套房才是。”

进屋后，从玄关看到好几扇门的今日子小姐这么说。肘折第一次来到这里的时候，也有同样的疑问。

“他的性格似乎很爱交际，为了可以邀请朋友或后辈来家里，所以租了大一点的房子……嫌犯鲸井先生以前也经常来，所以才会有备份钥匙。”

“照这样说来，就不只是鲸井先生有备份钥匙了吧……鲸井先生虽然是头号嫌犯，但有第二、第三号嫌犯吗？”

“这个嘛……从这个角度来看，鲸井先生或许可说是唯一的嫌犯。”

因此，如果他的不在场证明是真的，就会陷入没有嫌犯的窘境了。

“考虑到现金不见了这一点，也不排除可能是入室抢劫杀人，但因为没有强行闯入的痕迹，也没有哪扇窗户被打破——而且浴室里本来就没有窗户。”

“可是，如果他是死于意外，现金丢失不就很奇怪了吗？”

“这也不一定。毕竟是现金而非金银珠宝，也可能是他自己花掉了。”

“换句话说，也不能排除意外死亡的可能性吧——嗯，我瞧瞧。”

今日子小姐边说边打开浴室门，再拉开通往泡澡间的折叠式拉门，往里面探头查看——虽然没有就这么穿着袜子直接踩进去，但动作还是一如往常地行云流水，没有任何累赘。让肘折警部甚至心想早知道就该带部下来，好让他们向她学着点儿。

“浴室也很宽敞……泡澡间跟……浴缸都很大……”

今日子小姐边说边回头，找到洗脸台旁边的插座。仿佛正以目测的方式测量距离。

“我还以为吹风机的电线一般没有这么长……这个距离还真有点不上不下的。插头插在洗脸台的插座里时，不见得能拉到浴缸吧。”

“刚刚好可以拉到哦。”

“拉是拉得到，但使用起来还是称不上顺手吧。就算急着把头发吹干，也没必要这么勉强——如果不是超级乐观的人，应该都会想到如果把电线拉得太紧，可能会让吹风机掉进浴缸里。”

“那么，果然不是意外喽？”

“天知道呢……我只是觉得即便是作为杀人的工具，这电线的长度还是挺靠不住的。”

纵使要伪装成意外死亡有些勉强，也必须要使用吹风机吗——今日子小姐边说边脱下袜子。虽然只是脱袜子，但是脱的动作却异常性感，搞得肘折警部下意识地赶紧移开视线——然而再转头看，她已经不见人影。原来她光着脚丫，已经在检视泡澡间。

“嘿咻。”

今日子小姐毫不迟疑地坐进浴缸里——因为没有放水，不会弄湿，但是行动之大胆实在令人叹为观止。看样子，她似乎想用跟死者同样的姿势来检验现场。

“今日子小姐，你有什么假设吗？”

“没有，现阶段还毫无头绪。单纯是想把所有能想到的事都做一遍。”

今日子小姐边说边在浴缸里伸展双腿，摸摸水龙头——以她娇小的身材，这套系统式卫浴的尺寸刚好可以让她伸直手脚泡澡。不过，竟然敢在刚刚死过人的地方伸展手脚，只能说她的神经实在太大条了……即使是身经百战的肘折警部，要他这么做，也会吓得裹足不前。

“嗯……”

今日子小姐抱着胳膊站起来，看表情显然伤透脑筋，回到浴室的入口。

“搞清楚些什么了吗？”

“是搞清楚了一些事，但没搞懂的事也变多了。”

今日子小姐说的话才令人搞不清楚，之后她又花了一个小时，翻遍宇奈木的住处——两室一厅的每个角落。由于警方已经检查过，所以她并未找到新的证据，但今日子小姐对于自己白忙一场，似乎也没有太失望的反应。

“如警部先生所说，也没有人从窗户入侵的痕迹……不过，这个房间整理得还真干净，以独居男性而言，似乎也太干净了……还是警方在取证的同时顺便整理的呢？”

“不，警方并不会提供这么贴心的服务……”

经她这么一说，肘折警部才意识到这一点。的确，宇奈木的住处十分整洁干净。与其说是侦探，这更像是女性特有的观点——可是，他不觉得这跟命案有什么关系。

“还不知道。或许不是宇奈木先生，而是凶手整理的。”

“为、为了什么？”

“要是能知道这一点的话，就不需要侦探啦。”

今日子小姐微微一笑，接着就往客厅里的沙发一坐，简直就像是在自己家一样，姿势极为优雅——剩自己一个人站着也不是办法，所以肘折警部也在她的正前方坐下。

“虽然找不到有力的证据，但若是让我就印象来说的话……”肘折警部才坐下，今日子小姐就开口。“鲸井先生涉嫌重大。即使抛开他是第一发现者这件事，他也太可疑了。”

“这样啊……比方说哪里可疑呢？”

“摁了好几次门铃，都没有反应，觉得很不对劲，于是用备份钥匙开门进去——总之先将为什么他手上有备份钥匙的疑问搁到一边，其实到这里还好。可是当警部先生接获报案赶到这里的时候，鲸井先生是先把门打开，然后才解开门链的吧？一般人去到别人家，会锁上门链吗？”

“嗯……”

“照理来说，根本不会锁门吧。如果需要锁门，会是什么理由呢？”

“因为不想受到打扰，或是鲸井先生正在屋子里从事见不得人的行为——吗？例如清理现场……”

“我不认为他有那么多的时间打扫整个房间……但如果只是在浴室里动些小手脚，或许就有可能了……例如毁灭证据之类的？”

“不过这只是假设。”今日子小姐补上这句。

的确，现阶段就算逼问鲸井为何那时要锁上门链，只要他推说“没想那么多”，警方就无法再追究下去了。

即使像推理小说那样有再多的小疑点或矛盾之处，发生在现实生活中的案子，大部分的疑点矛盾都只要一句“没想那么多”就会被解决——这才真是不需要侦探。所以侦探必须着眼于更基本的疑问及矛盾才行。

“况且无论再怎么可疑——不，愈是可疑的情况，愈要罪疑惟轻，这是法律的理念。基于无罪推定的原则，就算心证是有罪的，只要缺乏物证，就只能认为鲸井先生是清白的。”

“呃……”

“咦？怎么？难道法律的理念和原则也像消费税那样早已不同，只是我不记得而已？”

“没有没有，不会的，怎么可能。”

虽然身为警察不应该有这种想法——然而实际上，警察这一行干久了，就会知道那既不是理念也不是原则，只不过是漂亮话，因此对于这社会感到绝望的同仁也大有所在。

在某些层面上，侦探的工作其实比警方更介于灰色地带，今日子小姐居然能天真地说出这种话，着实令人感叹——或许就算对这社会感到绝望，也能把它忘记的今日子小姐才能说出这种话吧。

只有忘却侦探，才能毫无顾忌地体现恶其意，不恶其人。

“全都是一些假设，真不好意思，警部先生。如果鲸井先生的不在场证明成立，现在会是什么样情况呢？换句话说，如果我不是忘却侦探，而是能好好地为鲸井先生的不在场证明作证的话。”

“那样的话……”

又是个假设的问题，而且也不是光凭肘折警部的判断就可以决定的事，不过基于经验法则，还是能表达一下自己的见解。

“应该会把他从嫌犯名单里剔除吧。只要不在场证明成立，不管再怎么涉嫌重大，都不可能起诉——拘票也申请不下来吧。当然，必须仔细调查不在场证明的证人……也就是你是否为鲸井先生的共犯，是否为了包庇鲸井先生而做出伪证就是了……”

只是，以现况来说，今日子小姐没有包庇他的理由——明知毫无意义，为了谨慎起见，还是做了调查，但是都找不到掟上今日子与嫌犯鲸井之间在前天以前的交集，他们两人完全是初次见面——而且就算更早之前见过面，忘却侦探也把这事给忘了。

“既然目前是这种情况，就应该寻找其他的嫌犯不是吗？”

“……”

今日子小姐问到这里，抱着胳膊，陷入沉思——她该不是在对于自己不能作证，害得别人无从洗清嫌疑一事而感到自责吧？

从肘折警部的角度来看，事到如今，反而觉得这个差点就成立的不在场证明充满了斧凿的痕迹——关于这一点，当然还是得采取罪疑惟轻的原则。不管是理念，还是漂亮话什么的。

然而今日子小姐却这么说：“我这就去向因为我的缘故，使得他无法从嫌犯名单除名的鲸井先生道歉吧。”

她一脸歉意——才怪，硬要归类的话，不折不扣是恶作剧的表情。

8

就让警方调查陷入混乱停滞这点来说，鲸井的不在场证明还不算是一败涂地，但是想当然耳，此时此刻的他也很难静下心来过日子。

因为鲸井实在没想到，他选来作为自己不在场证明的证人，居然会完全不记得这件事——但因为实在不可能设想到世上居然有忘却侦探这种职业，也没什么好反省的。

这个世界还真是无奇不有。

既然眼下还没有被限制行动，看来他的不在场证明暂时还不算是失败的吧……虽然不算失败，但也不够完美，这使他觉得前途茫茫。要是能取得完美的不在场证明，无论自己再怎么可疑，一切也就仅止于怀疑……

昨天为了排解烦闷，在网络上买了她看的那本书，当天就收到了书，一直看到深夜。与其说是排解烦闷，这个行为其实是为了证明他前天的确见到了那位白发的女子，和她说过话——不过别说是推理小说，鲸井连铅字本身也看得不是很习惯，结果光看完一篇短篇就筋疲力尽了。

那天她看的那篇短篇小说，说很有趣要推荐给他的作品——须永昼兵卫的《改心刑》。

那是个奇妙的故事。

内容大幅度地偏离了鲸井过去看过的那些寥寥可数的推理小说、连续剧及电影等影像作品给他带来的印象——鲸井在悬疑推理这方面并没有深入的造诣，所以不敢说得太肯定，但他觉得这篇小说比起悬疑推理，更像是科幻或奇幻类的作品。

在很久很久以前，有一个大坏蛋——是个只能用大坏蛋来形容，生来就罪大恶极的人。传说他把六法全书里所有的犯罪全都干过一轮，世上所有的犯罪都是他干的好事，总之是个恶贯满盈的人。

那样的人也得迎接伏法之日。

被逮捕、被起诉、被判定有罪，当然也被判处了极刑——就算是坚决反对死刑的人权论者，也无不赞成他的死刑。

只有一个人例外。

那个人名叫反峰，是一位大名鼎鼎的心理学家兼外科医生和法官，一口咬定就算是像他那种大坏蛋，也不该只是处死了事。如果因为他是大坏蛋，才要杀死他的话，那么只要他不再是大坏蛋就行了——

只要让他“改心”就行了。

当然，大坏蛋之所以会是大坏蛋，就是因为从没想过要改过向善，但反峰口中的“改心”，也并不是单纯的“改过向善”之意，而就是字面上的意思——要把他“改造成有良心”。

最后，反峰不顾世人呼吁——像是“别做那种拖泥带水的事，应该立刻执行死刑”之类的反对意见，为大坏蛋进行了外科手术。

结果大坏蛋还真的重生了。

他成了一个懂得理解别人的心情、愿意相信别人、为别人尽力、从纯真的角度看事情、跟弱者站在同一边、不伤害任何人、谦虚且心地善良的人——改头换面成了一个好人。

于是，获释的大坏蛋变成大好人——

“有人在吗？”

正当鲸井回想短篇小说的故事到一半，耳边传来敲门声和女性的声音。因为那声音听来悠悠，害他也没想太多就把门打开。站在走廊上的是面目狰狞的肘折警部，还有就算对方忘了他——他也绝对不会忘记对方，满头白发的今日子小姐。

“啊……呃。”

必须使尽全力，才能隐藏内心的动摇——不，别慌。今天那两个管教不周的部下没有跟来——显然不是申请了拘票要来逮捕鲸井的。

相反地，他还带着鲸井不在场证明的关键人物今日子小姐同行——从这点看来，或许不是那么悲观的展开——虽说已经忘了他，但是看到他的脸，说不定就会想起来，因此才带她来找自己吗？

如果是那样，态度可不能太差。在当面对质的时候，态度最好还是友善一点。

“警部先生，还有……今日子小姐，对吧？请问有什么事？是案情有什么进展了吗？”

“没有，还在全力调查中……怎么样，今日子小姐？”

肘折警部这么问她——是来当面对质的吗？

“嗯……果然见了面还是想不起来呢。初次见面，我是掟上今日子。”

今日子小姐说道，低头行了个礼。

真像是个恶劣的玩笑啊……若非这样面对面，鲸井依旧半信半疑，可是她似乎真的把那天发生的事忘得一干二净了。

原本内心还有些别扭，感觉对方是在嘲笑自己是个不值得记住的无聊男人，但想必事情并非如此——记忆每天都会重置的忘却侦探。

“你要再从头追求我哦”——临别之际，她曾经这么说。当时要是能更认真地倾听这句话就好了，但现实就是千金难买早知道。

“我叫鲸井留可……虽然并非初次见面，你好，初次见面。”

“鲸井先生，前天下午三点左右和你说过话的女性，就是她吧？”

“是的，没错。”

鲸井如是回答肘折警部的再三确认——虽说只有鲸井单方面记得她，不在场证明是无法成立的，但是这么有特色的女性，他也不可能认错。

“今日子小姐，你真的不记得我了吗？”

鲸井还是试着问了问。

“完全不记得，一点也不记得。”没想到却惨遭今日子小姐非常用力的否认。“对不起，鲸井先生。要是我能为你的不在场证明作证就好了——可以让我们进去吗？”

“咦？”

“进屋里。外面好冷。”

“啊，嗯……可以是可以。”

“谢谢。”

由于对方拜托得太过于自然，于是鲸井也很自然地答应了，但是想想因为好冷就要求进到别人家里，实在是个厚脸皮的要求。而且不只今日子小姐，还让警察——肘折警部进到家里，这显然是个失策。

屋子里并没有什么可疑的东西，所以鲸井觉得让他们进来也无所谓，只是碰上这个白发女子，自己总是会乱了方寸。

并不是总被她不动声色地把话题岔开——而是感觉老是被她不动声色地踏进自己的世界。实际上，她也就这样踏进自己的房间里了……

“警部先生，你要喝咖啡吗？今日子小姐是黑咖啡吧？”

鲸井一面准备饮料，一面不着痕迹地在谈话里夹带前天见过面的信息——今日子小姐趁他准备饮料的时候在屋里东张西望，不知道是在看什么。

“不过真是吓了我一跳呢。没想到今日子小姐竟然是个侦探。”

“前天的我没说吗？”

“你没说。啊，不过，你说你的工作是调查……”

“是的。因为是侦探，调查就是我主要的工作。”

虽然觉得话都是她在说，但的确是鲸井自己误以为她在做问卷调查。

侦探……回想前天的对话，今日子小姐好像很爱看推理小说，难道是因为崇拜名侦探，所以才会从事这份工作吗？那样的话，她或许正好来到为了侦探的理想与现实所苦的年纪也说不定。

虽然看起来似乎完全不以为苦……

忘却侦探——吗？

“我想请教鲸井先生两三个问题，可以吗？”

当鲸井端出三人份的饮料放上矮桌的时候，开口问他的不是肘折警部，而是今日子小姐。

“嗯……好的，请说。”

鲸井又轻易地答应她了。

并不是他掉以轻心，只是今日子小姐发问的时机太巧妙了。

“可以请你详细地告诉我，你发现宇奈木先生的遗体当时的状况吗？”

“我已经向这位警部先生说过一次了……”

“我是指详细的说明。一字一句，巨细靡遗的。”

虽然百般不愿，但也找不到适当理由来拒绝——心想绝不能露出马脚，却反而因此更无法不答应她的要求。

鲸井一五一十地将发现当时的状况告诉他们。而且还由于希望让调查更加陷入混沌，故意说明得比今日子小姐所要求的还要巨细靡遗。当然，关键部分依旧是隐瞒不表——对方应该不会注意到——不可能注意到的。

“唉，居然会发现朋友的遗体，一定很难受吧。还请节哀。”

今日子小姐如是说。在鲸井交代来龙去脉的过程中，她始终目不转睛地盯着他看——比起他讲了什么，似乎更关注他怎么讲——至于感想就像这样，正常到不能再正常。

“嗯，我还想说久别重逢，心里期待得很呢……”

“想说久别重逢，心里期待得很——却在去见他之前，向正在喝咖啡的我搭讪吗？”

啊，打断你说话真不好意思——今日子小姐装糊涂。鲸井则心里一惊。就连他自己也知道，这一点在制造不在场证明上确实有些勉强——该说是没办法，或说这原本就是有些为难的部分，像自己这种血气方刚的男人，居然会放弃继续和今日子小姐这种女性聊天的机会，去赴宇奈木的约……

一般人大概会选择放同性朋友鸽子，继续和今日子小姐聊天吧——更何况宇奈木不过只是“以前的朋友”。

要是不在场证明能完美成立，鲸井认为这是个人心证，纵使有点可疑，也算不上瑕疵，但如今不在场证明变得这么不完整，就只会剩下疑点。

话说回来，当他在露天咖啡座向正在看书的今日子小姐搭话的那一刻，心里其实想着就算被她拒绝也无妨——鲸井原本打的如意算盘是想死皮赖脸地纠缠一个人喝咖啡的女性，这样她本人和四周的人都会留下印象，只是做梦也没想到，她居然会爽快地同意让他并桌，还聊得挺投机的。现在想来这实在不是不幸中的大幸，而是大幸中的不幸。

“请别介意，是看到充满魅力的今日子小姐，忍不住主动找你说话的我不好。聊得一起劲，当我想起和宇奈木有约，还真的倒抽了一口气。”

虽然有点勉强，但也只能用这个借口撑下去了。当然心里也有“称赞对方很有魅力时没有人会不领情”的算计。然而今日子小姐只是一脸笑眯眯，对此没什么特别反应。

“可是，如果鲸井先生没和我聊天，早点去找宇奈木先生的话，或许就能避免他死于意外了。”

“不，还是来不及吧。因为我和今日子小姐说话时，似乎就是那家伙把吹风机掉进浴缸里的时候。”

由于今日子小姐用了“死于意外”这个词汇，鲸井反射性地顺着她的话说，但是一旁的肘折警部却一副严肃表情。面对那种表情所带来的无言压力，鲸井忍不住东想西想了起来。莫非这就是传说中“好警察坏警察”那种白脸黑脸战法吧——不，今日子小姐并不是警察……可是她向鲸井问话的内容，绝不输给警方的侦讯。

“你上次造访宇奈木先生的住处，是什么时候的事呢？”

“嗯……好几年前吧？太久了，我不记得了。有什么问题吗？”

“没什么。也就是说，鲸井先生终究没能在宇奈木先生的生前再见他一面喽？只通了电话？”

“……是的。有什么问题吗？”

“没什么问题，我只是在一一排除细小的疑点而已——无法为鲸井先生的不在场证明作证，我觉得非常抱歉，所以就想说能否来帮你洗清嫌疑。”

“哦……”

“毕竟调查是侦探的拿手好戏，希望能在这方面贡献一份心力。”

她愿意帮忙的话自然是感激不尽，但是鲸井还没有单细胞到听美人这么说，就把她说的话照单全收。更何况今日子小姐刚才问的那些问题，无疑加深了鲸井的嫌疑。

“可是，电话呀……当然是移动电话吧？”

鲸井无法揣测“当然”是什么意思，不过她刚才在室内东张西望，看来就是在检视有没有家用电话。说不定她也曾这样检视过宇奈木的家。

“你在约好的时间摁了好几次门铃，都没有人应门，你觉得不太对劲，所以就用备份钥匙开了门进去——是这样吗？”

“是这样没错。”

鲸井把差点又要脱口而出的“有什么问题吗”吞回去——要是一直试探发问的用意，反而会很可疑。

“为何在进入宇奈木先生的家之前，不先打通电话给他呢？”

糟了——鲸井心想，不知道脸上有没有露出破绽——他连忙用“啊，说得也是，我一下子没想到”来辩驳。事实上，要是被对方一下就逼问“即使是有备份钥匙的人，没打电话就擅自进入宇奈木的房间，岂不是非常奇怪的行为吗”之类的，就会变成致命的失误了。

明知没人在看，还装模作样地摁了好几次门铃，既然都演到这地步，就算知道对方不会来应门，也该打通电话的……但那又怎样，还是可以用“我一下子没想到”蒙混过去。

“不管怎样，宇奈木那家伙那时候已经死了。”

“说得也是呢。死在浴室里——只是，鲸井先生，有件事务必请你告诉我，你是怎能发现宇奈木先生遗体的呢？”

“……怎能发现……？嗯，你这什么意思？”

他是真的不明白。宇奈木的尸体又不是藏在地板底下或天花板上——是躺在浴缸里，又没有盖盖子，就连五岁小孩也能发现。

“不不，五岁小孩才发现不了呢。你就别谦虚了——因为一般人进屋找人的时候，可不会从浴室开始找啊，通常会先从客厅或餐厅找起吧。”

“啊……这个啊。”

鲸井瞥了一眼肘折警部。前天在案发现场接受他的侦讯时，自己是这么说的——用备份钥匙进到屋里，马上就发现浴室里的尸体——当时是判断尽量不要说一些无谓的谎言……要假装现在才想起来吗？自己只是没说，但是在进浴室查看以前，已经先看过客厅和餐厅了吗？或许对方会说这种事怎么可能忘记，不过眼前就有个因为忘记而无法为鲸井证实不在场证明的忘却侦探，要指责他这种说辞缺乏说服力也说不过去。

然而，如果说他检查过客厅和餐厅，那些房间就必须留有鲸井的指纹才行——真是进退两难。

“没什么，只是巧合罢了。因为摁门铃没反应，我下意识地猜想他该不会是在洗澡吧。以前我们感情还很好的时候，也遇过好几次他这样……该说那家伙懒还是邋遢呢？他可是个会在洗澡时睡到不省人事的家伙呐。”

他的确是个会在洗澡时睡着的家伙，但遇过好几次他睡着则是骗人的。不过已经是以前的事了，旁人无法判断其真伪。

“只是碰巧最先查看的是浴室而已，没什么可让侦探小姐参考的。”

“毕竟浴室门是离玄关最近的嘛。”

“嗯，没错没错。”

“宇奈木先生经常会在傍晚才开始泡澡吗？”

“是呀。那家伙运动完以后不只是会冲个澡，还会泡澡……与其说是爱干净，我猜他是想要多放松一些吧。”

“原来如此，原来如此。”

鲸井满心以为今日子小姐接受了这套说词，正要放下心中大石，没想到她却更加逼近。

“可是，这么一来就更令人费解了。因为如果是这么想，反而一下就会放弃进浴室找人吧。”

“嗯……？”

什么意思？她该不会是要说向正在洗澡的人搭话是不礼貌的行为吧？如果对方是女性，或许真的不太礼貌，但对方是男的，而且彼此都是男的，到底有何不妥？要鸡蛋里挑骨头也不是这种挑法吧。

“不是不是，不是要挑什么啦，鲸井先生。毕竟宇奈木先生当时已经因为吹风机掉进浴缸里电死了啊？”

“这、这我知道啊。”

“也就是说——在那时候，屋子里的断路器开关是跳掉的。”

即使她这么说，鲸井还是没有概念。开关跳掉又怎样？虽说会问这个倒是不怎么意外，实际上，浴室里的灯也的确没打开——没开吗？

“……如果浴室里的灯没开，一般都会认为里头没人吧？”

肘折警部语重心长地说——看他的反应，似乎也是现在才想到。

“那间浴室并没有窗户，如果不开灯洗澡，就会暗到什么都看不见。”

“也是……”

“要是我，就算怀疑宇奈木先生在洗澡，但在推开浴室门的时候，就会判断他‘应该不在这里’吧。就算要再检查一次浴室，也会是在检查过客厅和餐厅以后——然而，你却在当下选择更进一步检查泡澡间，进而发现了宇奈木先生，真是了不起的调查能力。换作是我，可能在看到走廊上一片漆黑的时候，就认为他不在家，掉头走人了。”

“呃，别这样称赞我啦，真是难为情。”

虽然从她的话里只感受到嘲讽，但鲸井还是这么回答，总之只能笑着蒙混过去。冷静点——根本没有任何物理上不可能的矛盾，根本证明不了他是因为知道那里有尸体，所以才会一进门就从浴室开始找。

“搞不好是宇奈木那家伙在呼唤我吧。或许想引导我找到他……”

鲸井试图将话题带往这种怪力乱神的方向来自圆其说。

“但结果还是没有救到他的命。”

却被今日子小姐毫不留情的一句完全否定。

“啊，难不成你是看到电线了？看到吹风机的电线从洗脸台延伸到泡澡间，所以才觉得不对劲。”

今日子小姐给了鲸井一个根本是下台阶的假设，他差点就不假思索地咬住这个饵，但又想到不管洗脸台或走廊上都是一片漆黑，在那种情况下，怎能说是看见吹风机的电线？当然，因为真的看见了，就应该说看见了吧？虽说是一片漆黑，却也不是完全伸手不见五指——只是，那也可能是因为他早就知道有东西在那里，所以才会看得见也说不定——那样的话，这时如果声称看见了，将会是致命的失误。所以，鲸井只慎重地回了一句“我也不清楚”。

“这样啊。话说回来，发现宇奈木先生的遗体之后，鲸井先生做了些什么事呢？”

“……当然是马上报警啊。用手机……”

“然后呢？”

“什么然后？”

“嗯，没什么，你什么都没做就好——人有时也会毫无理由，下意识地锁上大门和门链的。”

今日子小姐微微一笑，如此说道——意味深长，但是鲸井并不明白她的用意。虽然不明白，可是有一点他很清楚，就是不能再跟她讲下去。

虽说逃得了一时也逃不过一世，总之必须扭转被她带着走的步调。

“……不好意思，警部先生。”

鲸井对今日子小姐的问题视若无睹，转向肘折警部。

“我今晚还得去游泳池，差不多该开始准备了……”

“游泳池……是工作吗？”

“不，不是工作，只是不想荒废例行训练……”

其实才不是训练这么正式的行程，不过预定要去健身房游泳倒是真的。

“这样啊，那我们也叨扰太久了，真对不起。”

今日子小姐站起身——对着似乎还有问题想问的肘折警部讲了声“我们走吧，警部先生”之后，以平静的笑容对鲸井说道。

“打扰了，鲸井先生。能向你请教真是太好了。请放心，我一定会证明你的清白——只要你真的是无辜的。”

“……谢谢，那就全靠你了。”

我或许找了一个不得了的对象来为我的不在场证明作证——鲸井第一次这么想。

9

肘折警部和今日子小姐离开鲸井的公寓之后，直接前往电器行——为了购买吹风机。先是今日子小姐提到想要买一把“和让死者丧命的吹风机同样机种的新品”来实地测量电线长度，于是肘折警部就陪她来了。

最新型家电的新奇感让今日子小姐显得兴高采烈，看在肘折警部眼中，却是令他不禁莞尔的景象（对于完全无法吸收新知识的今日子小姐来说，来到电器行大概就像是来到未来吧）——买完东西，再回到宇奈木的住处时，刚好是傍晚五点。

傍晚五点——正是鲸井前天发现宇奈木尸体的时刻。虽然不是特地锁定这个时间前来，可是如果要确认状况的话，现在真是再好也不过了。

进到屋内，没打开走廊的灯，就直接走向浴室——如同今日子小姐对鲸井所说，真是一片漆黑。看到这个光景，实在不会想到有人正在里头洗澡。

“肘折先生，麻烦给我吹风机。”

“啊，好的。”

从纸袋里拿出吹风机，拆开包装。虽然还是请店员开了收据，但是能不能以经费报销，目前还很难说。

“请用，小心哦。”

“感谢你的提醒。不过，吹风机本身应该不是那么危险的物品吧……浴室现在也是干的。”

今日子小姐边说边把插头插进洗脸台的插座，将吹风机拿进泡澡间，直接把吹风机轻轻地往浴缸里放。

不出所料，电线长度虽然勉强拉得到浴缸旁，却无法让吹风机够到浴缸底部——只能垂挂在浴缸边缘。

“这个构图跟警部先生当天看到的一样吗？”

“是一样……不过，如果是这样，插头可能会因为吹风机本身的重量而松脱吧。”

“当浴缸里放满水的时候，因为有浮力，倒不至于会脱落……不过，就算能拉到浴缸这边，要吹头发还是有点问题。如果是在浴缸外面也就算了，但是在浴缸里，还是过于勉强呢。更何况……”

嘿呀——今日子小姐拿住垂挂在浴缸边缘的吹风机，打开开关。吹风机送出热风，吹动了今日子小姐的白发。

“嗯……”

今日子小姐拿着吹风机让热风从四面八方吹拂着自己的头

发——但头发原本就没有湿，因此白发轻柔飘逸地随风翻飞。

还以为她会玩上好一阵子，却见她慢条斯理地关掉吹风机，回到浴室外面。肘折警部虽然默不作声地看着她，但完全不懂这些行动有何意义。

“你在做什么？吹风机的风力测试吗？”

肘折警部半开玩笑地问，今日子小姐回了一句“是呀，是风力测试呢”之后，一脸若无其事地说道。

“最近的吹风机，性能都好棒哦，吓了我一跳。”

“呃，今日子小姐。我知道你对家电的进化很感兴趣，但是时间……”

肘折警部指着手腕上的表。害她手忙脚乱固然不好，但是忘却侦探是有时间限制的。记忆每天都会重置的掟上今日子，无法花一天以上的时间调查同一个案子——现在已经过了下午五点。虽然还不用开始焦急，但也不是可以慢慢磨蹭的时间了。

“不，是说——警部先生，你需要这把吹风机吗？”

“哦，结束搜查之后，如果你想带回家的话……”

“我不是这个意思。我的意思是——只是要吹干头发，需要用到这么多的功能吗？”

“啊。不用。”

还以为自己很贴心，结果却是个篮外大空心——为了掩饰自己的羞赧，肘折警部赶紧用“我用便宜货就好”回答她的问题，但就连这个回答，其实也是挺死要面子的虚言，肘折警部洗完头发，根本不用吹风机，通常都是放着自然干。就算会要面子，他也不是会在意体面的性格。

“就是说呀，即使是我这样的长度，也不需要这么大的风力——这个，该不会是长发女生用的吧？”

“……啊。”

今日子小姐的白发是及肩的波波头，就连这种发型也用不到的吹风机，身为运动选手，而且还是游泳选手的宇奈木——会需要吗？

回想他泡在浴缸里的尸体，的确是还不到平头，但也是非常短的短发。虽然不自觉地接受了浴室与吹风机的组合——可是世上也有完全不需要吹风机的人。

那个长度，只要用厚一点的浴巾就能擦干了吧？

“……嗯？那这又意味着什么呢？”

“就是意味着一种可能而已。当然，即使是短发，也可以用吹风机，或许也有会在浴缸里吹头发的怪咖——可是，若要把这些极端可能性也考虑进去，那么造成宇奈木先生死亡的这把吹风机，也可能不是他的东西。”

“……你说这可能是凶手带来的凶器吗？一开始就决定拿这个当凶器，所以尽可能选择风力最大的机种？”

若是如此，这就是物证了。不是在案发现场拿宇奈木的私人物品来用，而是凶手带私人物品进来——就算不是凶手的私人物品，假设是凶手事先准备好的东西……

“嗯……”

终于找到与凶手有关的细微线索，令肘折警部雀跃不已，然而发现这条线索的今日子小姐本人却一脸阴郁的表情。

“怎……怎么了吗？接下来只要追溯鲸井先生最近的行踪，调查有没有购买吹风机的记录就行了……”

这样的话，由于会演变成地毯式搜索，就不是一天两天可以搞定了。不过能走到这里，忘却侦探已经是十分尽责了。

“嗯，该怎么说才好呢？我不知道该怎么形容才好。宇奈木先生在浴室里吹头发，不小心让吹风机掉进浴缸里，因此触电身亡——这是凶手想编的故事吧？”

“是的。”

“这个故事的疑点在于——有人会冒着就连小孩也知道的危险，坐在浴缸里吹头发吗？就当作真的是在浴缸里使用吧，吹风机的电线是不是太短了点？还有刚才提到的，宇奈木先生需要风力这么大的吹风机吗？”

“没错，简单整理起来是这样没错。”

所以才可疑。

一开始被认为是意外身亡的这起命案，之所以会产生凶杀案的疑虑，不只是因为第一发现者很可疑。

“可是，可是哦，假设有人——不见得是鲸井先生，假设有人利用吹风机当凶器，杀死正在泡澡的宇奈木先生的话呢？”

“嗯，我正在思考这个可能性。”

“能消除刚才提到的任何一个疑点吗？”

“这个嘛……”

应该可以吧——她嘴上虽这么说，肘折警部却感觉到或许实不尽然。

假使凶手打算将这起命案伪装成因为死者本人不小心造成的意外，那么凶手应该比任何人——当然包括今日子小姐、肘折警部在内，都会先注意到这些疑点，并妥善处理才对。

“难道是‘为了让人以为是意外’这个前提错了吗？关于电线长度，我也是来到现场才发现的。凶手总不可能随身携带延长线，或许到客厅找找也会有，但考虑到万一宇奈木先生在那时洗好澡走出来的风险……”

“如果不是为了让人以为是意外，应该会把吹风机带回去……因为如你所说，吹风机会变成物证。只是，如果想要伪装成意外，却又特地带死者平常没有在用的吹风机来现场，就很奇怪了。无论是视为意外还是他杀，都无法解释宇奈木先生的死所呈现的疑点和矛盾之处。”

“……可是，鲸井先生的确很可疑吧？”

“很可疑。”

关于这点，今日子小姐倒是毫不迟疑地断定。

“鲸井先生身为第一发现者所采取的行动，只有‘可疑’二字能形容——刚才和他本人聊过之后，说他的嫌疑愈发重大也不为过。他虽然试图自圆其说，但他在这房间里的举动，却很明显是‘知道宇奈木先生已经死在浴室里’的人才会有的举动……可疑到这个地步，他的不在场证明也显得很刻意，或该说是颇奸诈吧？”

“奸诈？”

“假如我不是忘却侦探，鲸井先生的不在场证明确实成立的话——如此一来他向我搭话的时间就刚好是推定死亡时间，这不是太凑巧了吗？”

虽然第一发现者一定有问题并非不成文的规定，但不在场证明过于完美的人反而可疑倒是推理小说的铁则之一。

“那么，鲸井先生向今日子小姐搭话，是有意要制造不在场证明吗？”

“这么想，一切就说得通了。比起认为是偶然会更合理。”

“但要是这么想，鲸井先生的不在场证明结果仍然会成立。因为他在死者的推定死亡时间，主动找今日子小姐说话的事是千真万确的。”

“没错。所以我推测他是不是用了什么诡计，在浴室和吹风机上装了机关……”

“诡计？这么说来，你刚刚提到过。”

“换句话说，为了实现那个诡计，就算有点牵强，也必须使用吹风机作为凶器……就是……我猜可能是定时装置之类的吧。”

“定时装置？”

今日子小姐点点头，提出假设。

“鲸井先生在案发当天的中午时分，来到这个房间，利用某种手段让宇奈木先生昏过去。可能是直接诉诸于暴力，也可能是使用药物。然后脱光宇奈木先生的衣服，把他放进浴缸。再把吹风机的定时装置安装在浴室里，离开这栋大楼，搭电车来到几站外的大街上——然后在下午三点左右，定时装置开始运作时，制造牢不可破的不在场证明。他可能想，最好是挑个初次见面，具备日后要找也很容易找的特征……例如挑个满头白发的年轻女人，向她搭话就应该还挺理想的吧。然后在适当的时间告辞，回到这栋大楼——借此成为第一发现者。确定宇奈木先生已经照计划死去，再向警方报案，趁警方抵达之前，将定时装置处理掉。如何？”

“……听起来无可挑剔。”

如此就连“为何在肘折警部等人到达之前，第一发现者鲸井会把门链锁上”这个问题也能得到解释。

“可以挑的地方多的是呢！就警部先生给我看的调查资料，宇奈木先生的遗体并没有外伤，似乎也没有服用药物——即使暂且不论这部分，鲸井先生也无法确定宇奈木先生不会在自己离开现场的时候醒过来吧。至于远距离操纵的定时装置什么的，作为杀人手法来说也太粗糙了。”

“……这、这么说倒也是。”

“再说，什么远距离操纵的定时装置啦，那到底是什么东西呀？”

这样问他也不知道该怎么回答——因为直到今日子小姐提出这个想法之前，肘折警部从没想过世上会有这种东西。

“假设刚才那个随口胡诌的推理之中有什么可以拿来参考的地方，就只有‘必须使用吹风机作为凶器’这点了吧。只要用吹风机作为凶器，就可以在宇奈木先生死亡同时，让断路器跳掉、让预录功能等等中断或停下，确实锁定推定死亡时间——是最适合用来制造不在场证明的杀人手法。”

“我从没这么想过……不过，要是承认这点，感觉对于侦办进度而言是不进反退呐。”

承认“不在场证明是蓄意制造的”和“不在场诡计是存在的”，并且以此为前提的话，就等于是承认“嫌犯鲸井有不在场证明”一样——也等于离破案愈来愈遥远。

“原本还以为是单纯的意外，但愈是深入思考，案情愈扑朔迷离。这样下去，真不知道这个案子明天会有什么样的进展？”

“明天——是吗？”

“啊……呃，抱歉。”

今日子小姐只有今天——跟她提到明天或许是相当失礼的事。但她看也不看正打算道歉的肘折警部一眼，突然擅自开始行动。今日子小姐走向走廊的尽头，打开寝室的门。

“今……今日子小姐？”

“我先睡了。”

“什么？”

“我要来小睡一下。肘折警部，一个小时后请叫我起床。”

10

“肘折警部，你说的没错，我们现在想的是太多了些。自顾自地把事情想得太复杂，自顾自地闯进迷宫中。所以不妨整个重新来过。”

今日子小姐说得轻松。

宛如在黑板上写算式，发现计算出错了，就要把板书全部擦掉，从头开始计算一般——说得轻轻松松。

不，一直理不出个头绪倒也是事实，肘折警部也想整个重新来过，但要是想重来就能重来，就不用这么辛苦了——话到嘴边，却想到对忘却侦探今日子小姐而言，要重来的确并不是什么难事。

今日子小姐只有今天。

她的记忆每天都会重置——说得更严谨一点，该说是她晚上睡觉，早上起床时就会把昨天的事忘得一干二净。

更进一步地说，这个法则并不局限于早晚。就是今日子小姐睡一觉醒来，就会忘记入睡以前的事——不管是打盹还是睡午觉，基本上都适用于这个法则。

也就是说，若是今日子小姐于此时此地，在宇奈木的寝室里小睡一个小时，就可以让今天经历过的事——被肘折警部叫到警察局之后经历过的所有事，对她而言都会变成“没有这回事”。

简直像是可擦式圆珠笔——只不过，跟可擦式圆珠笔不同，记忆消失以后就无法再恢复原状了。

“可是，这么一来，就等于今日子小姐也要放弃好不容易累积到现在的推理喽？”

“是的，包括既有的推理，整个重新来过——看来从一开始，我介入这件事的方式就不甚妥当。要我本身兼具不在场证明证人的身份参与侦办，就不可能冷静面对案情了。侦探一定得是与案子无关的第三者才行——”

今日子小姐边说边拍拍宇奈木睡过的床和枕头，像是在检查够不够格作为自己安眠的寝具。看样子是及格了，只见她把眼镜摘下来放在床边，然后以极为自然的动作往床上躺。

“那么，晚安了，肘折警部。”

“等……请等一下。你在这里睡着，我会很为难的——对你来说，等于是在陌生的地方、被陌生的男人叫醒吧？我这长相会吓到你的。”

肘折警部有自知之明，知道自己的外表会给人带来压迫感——因此虽然他能在查案时积极使其发挥最大效果，但是并不认为适合用来叫人起床。更不用说对方可是忘却侦探，到时候绝不是“吓到”二字就能收场的。

“哎呀，这倒是。那么……”

今日子小姐坐起来，从放在旁边的笔筒里拿起粗字签字笔——然后卷起袖子，在自己的左手臂上写下了“我是掟上今日子，白发，侦探。现在正和肘折警部一起办案”。

清楚明白的信息。

原来如此，先写下这些信息，醒来的时候比较容易进入状况——毕竟是自己的笔迹，没什么好怀疑的。肘折警部本来还以为她会继续写下命案的梗概，但今日子小姐盖上笔盖，把签字笔放回笔筒里。

“叫醒我以后，请让我看你的警察手册。这样我应该就会相信警部先生了。”说完，她又躺回床上。“接下来，请再告诉我案情梗概——不过，请不要跟我说我自己就是不在场证明的证人这件事。”

“好、好的……”

看样子，她是打算彻彻底底地重新来过——可是，如果要隐瞒“今日子小姐是不在场证明的证人”这件事，会不会冒出其他也必须隐瞒的事？

“我是说，就当鲸井先生顺利完成了他的计划……或许不是计划，而是凑巧的偶然也说不定。总之，就当作他下午三点的不在场证明是成立的——他的不在场证明完美地成立了。某个在露天咖啡座喝茶的女生没有忘记，确实证明了他不在场。”

“我不太会说谎，但我会照做的。还有什么我可以效劳的吗？”

“一定要说的话，可以请你去买晚餐吗？如果能再加上红豆棒冰当甜点，就更完美了。”

今日子小姐说完这句话，盖好被子，闭上双眼。几秒钟后似乎就进入了梦乡——令人猝不及防的展开，让肘折警部完全错失向她道晚安的时机。

该怎么说呢……

从以前就觉得她是个精神十分强韧的人，跟她那看似有些迷糊、温和敦厚的气质一点都不搭边，但是居然在案发现场——而且还是死者床上睡大头觉，实在已经超出神经大条的范围，根本是脸皮太厚。

说是天不怕、地不怕也不为过——然而，对于她的胆大包天，与其说是佩服，反倒有种“为了查明真相，有必要做到这种地步吗”的感觉。

今日子小姐不惜做到这种地步也要贯彻自己是侦探的身份，难道有什么苦衷吗——但肘折警部不过是区区一介委托人，也不便再深入。

他现在所能做的事，顶多就只有照着她的吩咐去买晚餐——当然，也没忘了红豆棒冰。

11

“原来如此。原来事情是这样啊。”

一小时后。

被肘折警部叫醒的今日子小姐理所当然地——如同她自己的预料，把“昨天的今日子小姐”做过的事忘得一干二净，也多少看来有些混乱。

然而，她随即看到自己写在左手臂上的信息，然后又看了肘折警部的警察手册，与生俱来的冰雪聪明使她似乎掌握了状况——今日子小姐一边享用肘折警部趁她睡着时买回来的便利商店便当，一边默默地听他叙述案子的概要，最后说出这句话，心满意足地点点头。

“原……‘原来如此’是什么意思？”

关于鲸井的不在场证明，肘折警部则说了谎话，所以听她说着原来如此，只觉得自己是在欺骗她……虽说，这也是今日子小姐自己选择要受骗，他仅是照着吩咐做而已。

“会说‘原来如此’是表示我大致明白了。虽然还有几个必须向当事人确认的问题……但是已经大概能推理出设置在浴室的不在场诡计，以及鲸井先生企图制造的不在场证明究竟是怎么一回事了。”

肘折警部心里一惊。

她的态度充满了自信——那是一个小时前还看不到的笃定。

“哎哟，这只是基本中的基本啊！警部先生。”

“是……是哦……”

直到刚才还和肘折警部一起在死胡同里徘徊的今日子小姐，冒出一句简直像是故事里的名侦探才会说的台词——也罢——他决定不要追究。

“你是说……类似远距离操纵的定时装置吗？”

“远距离操纵的定时装置？我这样说的吗？嗯……虽然没那么夸张，但要讲这个诡计很妙还真是如此。好吧，就算它及格好了。”

独自走出了“想太多”的迷宫，今日子小姐展现出游刃有余的态度——可是她面对过去的自己时未免也太高高在上了吧。而且对于还在迷宫里彷徨的肘折警部来说，这样的从容实在是难以理解。

“……那么，你已经看穿这件事的真相了吗？”

今日子小姐在寝室里醒来到现在还不到三十分钟。不，若是从今天早上肘折警部请她到警察局那时开始算，还不到十二个小时——即便如此，她却已经掌握住命案的真相。

最快的侦探。

无论什么案件都会在一天以内解决——

“哪里哪里，别对我有太高的评价，我会不知所措的。至少在目前这个阶段，推理还只是推理，因为还没有确切的证据。”

“具体来说，你认为他使用了何种诡计呢？鲸井先生究竟是怎么制造不在场证明的？”

“还没具体到可以拿出来说。联想——不，只算是跳跃式思考吧。”

“嗯？”

“勉强要说的话，因为嫌犯鲸井先生和死者宇奈木先生都是游泳健将，所以我猜，嗯，大概就是那样吧。”

真的还挺勉强的，听了也只觉得更莫名其妙。站在今日子小姐的角度，可能是认为面对警察不能随便说出不确定的结论，并不是想要卖关子吧，但肘折警部的心情还是颇为焦虑不安。

因为鲸井和宇奈木都是游泳健将——自己的确是跟已经不存在的“昨天的今日子小姐”说过“游泳选手宇奈木死在浴缸里实在很

讽刺”之类的话，但那又怎样。

今日子小姐从袋子里拿出红豆棒冰就一口咬下，然后问：

“我不是说，还有几个必须向当事人确认的问题吗……那几个症结不是用推理可以解开的。鲸井先生现在人在哪里呢？”

“我想想……他说晚上要去游泳池，应该是去练习游泳吧……听起来也有点像是为了赶我们走的借口，但应该没有说谎……所以明天早上我们两个再一起去找他吗？”

“我没有理由等到明天早上——而且，要是忘了好不容易才想出来的推理也不好。肘折警部，很抱歉我老是提出这么任性的要求，最后还有一件事要请你帮忙。”

“什么事？没问题，都帮到这儿了，我什么都愿意帮的，尽管说吧。”

“谢谢。我就知道你会这么说。那么……”

今日子小姐说道。

“可以请你陪我去买泳衣吗？”

12

鲸井在水中游——已经不知道在五十米的游泳池里来回过多少趟了。他完全不管速度的分配与肌肉的极限，只是一个劲儿地游着自由式。

他只是纯粹地喜欢游泳，即使在已经退出第一线的现在，也依旧没有改变。喜欢游泳的理由，是因为在游泳时可以不去想一切不需要去想的事，只是唯独今天，不管游再多趟，还是会去想。

想起老朋友宇奈木的事——和那个白发侦探的事。

虽然今天成功地把他们赶走了，可是明天就不会这么顺利了吧——后天肯定会变得更困难。嘴里说要证明鲸井无辜，但那个侦探摆明在怀疑他。

再这样下去，可以想见情况会变得愈来愈糟。

话虽如此，鲸井也无计可施——他原本只是想制造不在场证明，并未打算说更多的谎。在无法制造出完美不在场证明那一刻——在偏偏挑了忘却侦探当证人的那一刻，就已经铸下大错了。

该怎么办？鲸井边游边想——在原本可以什么都不想的时间里，想了又想，然后随即得出了结论。

要逃走吗？

要放弃一切远走高飞吗——为了自己的名誉。

要是逃亡，或许会加重自己的嫌疑，但现在不是这么冷静的时候吧——如果话说得愈多就愈是露出多马脚，那么只要拒绝对话就好。

这么一想，自己现在这种几乎处于失业的状态倒不失为一件好事——好，不用等到明天的太阳升起，现在回家立刻打包行李，出门旅行吧。干脆去国外好了。游泳选手时代经常南征北伐，多少还能讲一点英语。

一旦下定决心，这种逃亡生活反而令他跃跃欲试——接下来就可以专心地游泳，不用再想那些有的没的了。

虽然总算有了结论，但他还是慢了一步——不，是慢了一拍。或许他不该停下思考——或许该停下的其实是游泳，应该要早早上岸离开才是。

“初次见面，鲸井先生。”

当鲸井游完一整条水道，从游泳池里爬上岸的时候，有个不速之客等着他。她摘下了眼镜，所以给人的印象不太一样，但鲸井绝不会错认，站在泳池边的不是别人，正是穿着几乎令人不敢直视的雪白连身泳装，但发丝比泳装更白的忘却侦探——掟上今日子。

13

她说初次见面。

也就是——记忆又重置了吧。鲸井无从得知忘却侦探的忘却法则之类的个人细节，但是明显以面对陌生人的眼神看着他的今日子小姐，让他本能地这么想。

自己借由埋头游泳，好让思绪重整——这个忘却侦探应该是借由遗忘来让思绪重整吧——能联想到这点，自己还真是聪明。鲸井略带自嘲笑了笑。

不过，肘折警部似乎没有跟着一起来……

“可以聊两句吗？”

今日子小姐微笑着问他。这种感觉似曾相识——简直是前天那场露天咖啡座邂逅的翻转版。虽说是可爱的连身泳装，但是穿着暴露的泳装这样诱惑他，怎能不答应——然而，鲸井毕竟曾为游泳选手，倒也还没这么冲动。

“不好意思，我正在练习。”

“哎呀，真冷淡。可是现在已经结束了吧？你好像游了很久呀……”

自己好像被观察了很久。

鲸井装糊涂地说了句“我只是想把之前的空白稍微补回来”之后又回到泳池里，接着明白告诉她。

“我还要再游五十趟，如果你愿意等的话。”

当然，再怎么样也不可能游上五十趟——这已经不是委婉地拒绝，而是非常直接与露骨。鲸井重新戴上蛙镜，正要一脚踹向游泳池的池壁。

就在那时候。

噗通一声，今日子小姐跳进隔壁的水道——从那文静的外表完全想象不到，她行动起来居然如此活泼。

光是她到游泳池来这件事本身，就好像已经被先将了一军——不只是动作非常迅速，反应也很快。鲸井像是个教练般地提醒她。

“……没先热身就突然跳进水里，可能会引起心脏麻痹的。”

“啊哈哈。心脏麻痹啊，就像触电那样吗？”

“这个人……”

“别担心，我已经做过暖身操了——我说鲸井先生。”

今日子小姐边说边拿下固定在连身泳装肩带处的泳帽和蛙镜戴上。

“可以请你和我比赛吗？比五十米的自由式。如果我先抵达终点，请你给我五分钟的时间。”

“……你的攻势真的很凌厉呢。你是所谓的肉食系吗？”

“我是职业侦探。”

“是吗。”

要是你能一开始就这么告诉我的话多好——鲸井心中多少会这么想，但该说是悔不当初吗？总之已经后悔莫及。

“那如果我赢了，今日子小姐，你愿意和我约会吗？”

“可以啊，我喜欢约会。”

今日子小姐很干脆地答应鲸井挑衅般的要求。

既然她都答应了，他也不好再说什么。

“那就来比赛吧。”

今日子小姐转身面对水道，准备就绪。

看她的动作，似乎不是毫无经验的外行人……说不定游得比一般的男人还快。但鲸井倒也不认为她能游得比曾经是游泳选手的自己还快。

话虽如此，想必今日子小姐也不会毫无胜算，就对鲸井下这么有勇无谋的战书吧……然而她刚才似乎一直在看自己游泳，难道是以为他累了吗？当然，因为刚才真的什么都没想，任凭自己随性游了非常久，鲸井现在固然无法再使出全力，但也不至于连区区五十米都游不好。

“预备——开始！”

今日子小姐自己发号施令，一脚踹上池壁——毫无预警，自顾自地开始游了起来。不过，他觉得这点差距就当是适度的放水，让让也无妨。

鲸井深深地吸了一口气，展开追击——用跟刚才同样，丝毫不见疲态的自由式，开始往前游。

游的时候什么都没有想。

只是有感。

虽然今日子小姐有点不按常理出牌，但是鲸井已经很久没有像这样和别人一起比赛游泳了，绝对不可能无感——他很讨厌因此感到开心的自己。说来在选手时代，也经常和宇奈木以这种方式比试呐——他不知道该怎么去感受这件事才好。

唯一千真万确的，只有再也无法和那家伙比肩而游的事实——然而游着游着，就连这样的感伤也没有了。

“呼哈！”

为了换气把脸抬出水面时，自认已经超越她的鲸井望向隔壁水道——但在他的视线范围内，却不见今日子小姐的身影。

因为只是一瞬间，再加上戴着蛙镜，原本以为只是没看见，可是再一次换气时，仍旧不见她的泳姿。

该不会是溺水了吧？为了赢得比赛，游得太过拼命而导致脚抽筋——难不成真的心脏麻痹了？

“……今、今日子小姐？！”

鲸井停下划水，从水里抬起头来，四下张望——沉在哪里？得赶快救她才行……这个游泳池很深，以今日子小姐的身高，脚可能踩不到底。救生员到底是在干什么吃的？

鲸井惊慌失措，事实上，今日子小姐也的确沉在游泳池底。说得更正确一点，她是潜在游泳池底。潜着——并且游着。

“我赢了！”

伴随着这一声欢呼，她终于浮出水面——然后轻触水道末端的池壁。还站在水道正中央的鲸井，只能眼睁睁地看着这一切发生。

总之，他以相当大的差距输掉了……

“这……比自由式的时候，潜水是犯规的。”

14

“真是难以理解的规定呢。如果要想游得更快，把全身沉在水面下，以潜水的方式游泳应该才是最适当的，却又规定不可以这样游……你不觉得很不合理吗？”

今日子小姐说得面不改色——为求获胜不择手段到这个地步，反而给人率直到极点的印象，要反驳她都觉得太麻烦。

而且她说的倒也没错，如果想游得最快，潜水无疑是最好的方法——若遵守规则，维持让身体的一部分露出水面，只会增加空气阻力。

今日子小姐摘下泳帽，重新绑在肩带上，用毛巾擦拭她微微带银色的满头白发。

“也就是说，游泳其实是一种必须吸引目光的迷人竞技——要是选手们全都在游泳池底部潜水前进，观众就无法加油，也无从炒热气氛了。”

今日子小姐坐在设置于游泳池畔的长椅上说——鲸井也做好心

理准备，在她旁边坐下。能够坐在穿着泳装的美女身旁，真是无上光荣。比起游泳，今日子小姐才是迷人。

“不止是游泳，我想田径也有些类似之处。沿着跑道转来转去，跑个步却九弯十八拐，其实造成很多无谓损耗，不是吗？倘若真要追求速度，就算是四十二点一九五公里的全程马拉松，也应该跟百米赛跑一样，用一条直线的跑道来计时才对。”

“不可能准备那种跑道的。人只能在有限的范围内，做有限的事。”

“你说的一点都没错……嗯，真的，你这样挺好的呢。”

“嗯？”

他还正在想是什么挺好，但这个话题似乎已经结束了。今日子小姐指着鲸井湿漉漉的头发——指着他虽然湿漉漉的，不过看来似乎不需拿毛巾来擦也会干的短发。

“我也曾经想剪一次非常短的发型来试试，但却迟迟下不了决心……不过，突然变成超短发的话，明天的我早上起床肯定会吓一大跳吧，光是想象就觉得好好玩。”

“……不管是什么样的发型，都会很适合你的，今日子小姐。”

“真高兴你这么说。”

今日子小姐微笑道。

无论什么发型都很好看这句话，是鲸井真心真意的感想，而感觉今日子小姐闪耀着银色光芒的濡湿发丝实在莫名性感，这也是他真心真意的感想。与她那天真无邪的表情之间的落差，令鲸井脸红心跳。

“呵呵。”

今日子小姐把用来擦头发的毛巾披上自己的肩膀。

“还好我不用像鲸井先生或宇奈木先生那样频繁地下水游泳呢。真是好久没有闻到氯的味道了。”

“氯……对我来说是很习惯的味道了，但女生可能会担心伤发质吧？”

“我可没那么神经质。至于头发，反正也不可能再糟了。”

今日子小姐不以为意地说。

这到底算不算是个敏感的问题呢——鲸井无从判断，所以放弃继续深究——虽然很难想象白发与忘却之间有关联。

“那么，鲸井先生，我们可以进入正题了吗？你答应过我，只要我赢了，就给我五分钟的时间。”

“嗯……我会遵守约定的。”

鲸井边说边瞥了设置在游泳池畔的比赛用码表一眼。本来是给人计算游泳时间用的——如今有了一个新的任务。

“不过，在那之前我可以先问你一件事吗？”

“可以啊，什么事？”

“你应该已经忘了，我第一次见到今日子小姐的时候，你曾推荐给我一本书。里头有须永昼兵卫这位作家的短篇小说《改心刑》……”

“哦，的确是我会推荐给别人的呢，我也看了好几次，是我很喜欢的故事——你看过了吗？”

“只看了那一篇而已。”

“好高兴。毕竟就连在阅读爱好者之间，平常也很少有人会愿意看别人推荐的书呢。”

是这样吗？确实，鲸井之所以会看那个短篇也是另有目的。

要不是为了制造不在场证明……

“你看完之后有什么感想？”

“我就是想问你这个。大坏蛋改过向善……被洗心革面，我还以为故事就会那样结束了，但并非如此。”

该怎么说呢？结局非常糟糕。

要说是悲剧收场，或该说是难以理喻。

变成大好人的大坏蛋，后来因为相信人而被骗，因为帮助人而负债，放任感情之后遭到背叛，对自己基于善意的价值观与一般人大相径庭感到绝望，最后身心俱疲，死于非命。

“改心刑”就是这样的惩罚——改造恶人的心，使其与善人同样，落得悲惨下场的惩罚。

比死刑更狠心的极刑——改心刑。

……真是个匪夷所思的故事。究竟是要读者从这个故事里，得到什么样的教训呢？

“心狠手辣的大坏蛋最后落得悲惨的下场，从隐恶扬善的角度来看，倒也不是不能理解，但要是如此，这故事的前提不就是‘好人不得善终’了吗？惩罚的关键居然在于把大坏蛋变成大好人，使其落得悲惨的下场……这种感觉实在是糟透了。”

我该作何感想？

鲸井只感到如坐针毡——所以才会觉得如果有机会，一定要问问今日子小姐的想法。而下午见面时却错失了这个机会……

“若说我有点意外或许是颇失礼，但鲸井先生，你还挺正直的呢。”

今日子小姐如是说，笑得开心——看她这样的反应，感觉自己好像说了什么非常状况外的话。实际上现在提这种事也的确是状况外吧。

“不，我只是不常看书，尤其是推理小说。所以才会不知道该怎么去理解那种故事才好。”

“即使是常看书的人，有时也会陷入同样的迷惘呢。就连我也不例外——可是啊，鲸井先生。看书的时候，其实不用想着要得到什么教训、学到什么东西、将来要如何运用等等，毕竟又不是在上语文课。”

今日子小姐面向鲸井，竖起食指。动作就像个语文老师，但是脱口而出的，却不是老师该说的话。

“原来有人想着这么有趣的事啊……只要这么想，再合上书就行了。”

“额……”

“那么，可以开始解谜了吗？别担心，真的只要五分钟就结束了——以合理的说明，用最快的速度。”

15

“鲸井先生，你于前天下午三点左右，在某家露天咖啡座向某位女性搭话。然后两人一起喝茶，度过约一小时的愉快时光。”

她拐弯抹角地用“某位女性”来代称自己这点，让鲸井颇为在意——就算因为她是忘却侦探而忘了那天的事，但是为何要讲得如此事不关己？

“好巧不巧，那个时间偏偏是鲸井先生的好对手宇奈木先生的推定死亡时间——也就是说，你有不在场证明。”

“那真是太好了，好得不得了。”

鲸井回得敷衍，她这是在讽刺挖苦自己吗？今日子小姐的证词几乎是无效的，搞得他的不在场证明有跟没有一样……难道是取得店员或其他客人的证词了吗？

“只是，如果不在场证明这么刚好成立，要视为偶然总觉得有点太巧合了呢。与死者关系决裂，却又是第一发现者的你……”

“偶尔也会有这种程度的巧合不是吗？就像我和今日子小姐奇迹般的相遇一样。”他试着模糊焦点。

“的确会有也说不定，但也说不定其实并没有。”结果也被模糊回应，“不管如何，只要看到不在场证明就会想去推翻它——这也是侦探的天性。尤其当那个不在场证明愈是完美，就会愈想要去彻底瓦解它。”

“还真是令人伤脑筋的天性啊……”

与其说是天性，真是天作孽。

早知道会遇上这种怪人，鲸井大概就不会想要制造什么完美的不在场证明吧——可是追根究底，把这种怪人搅和进这件事的不是别人，正是鲸井自己，所以也怨不得人。

可是，今日子小姐这一副好似鲸井拥有完美不在场证明的态度，也令他着实不解……

“所以呢？你推翻我的不在场证明了吗？”

“以这种情况来说，有几种可能性。一是你下午三点的不在场证明是假的。一是推定死亡时间是错的。”

“……嗯，还挺合逻辑的。”

不是合逻辑，而是在罗列。

一一验证所有可能性——侦探工作似乎比鲸井以为的更要苦干实干。

“所以是哪个呢？”

“哪个都不是。这两个推想都无法推翻你的不在场证明。所以，最后一个可能性就浮上台面——假设不在场证明是真的，推定死亡时间也是正确的，那就只能认为是某种远距离遥控定时装置导致宇奈木先生丧命了。”

就按照常理，认为“鲸井不是凶手”不是很好吗……还搬出什么远距离遥控定时装置，究竟是在想什么。

“说得也太夸张了。”

“似乎是‘昨天的我’这么说的。先不谈这些……你在案发现场的浴室安装了定时机关，当那个机关启动时，你则在其他地方制造不在场证明。这样你的不在场证明就无法成立了——但要说是无法成立，不如说是会变得没有意义。”

“你无论如何都想把我当成凶手吗？今日子小姐，比起怀疑这种可能，我认为快去找其他凶手还比较快。”

他试着绵里藏针地说，但今日子小姐似乎丝毫不以为忤。

“如果鲸井先生不是凶手，那当然是最好不过了。更何况，就算没有不在场证明，也不等于就是凶手。”

被她笑容满面地这么说，他也很难再做出更犀利的反驳。

鲸井之所以不爱看推理小说的原因之一，就是因为他不太懂为何犯下滔天大罪的凶手，都会乖乖地听侦探讲解推理。但是当自己实际站在听讲的立场时，却发现感觉其实也还不坏。

任人解释、批评自己的行为。

因此，鲸井反而主动怂恿今日子小姐进攻。

“所以呢？你说的定时装置又是什么？难不成我是制作了像骨牌般的机关，让吹风机在预定时间噗通一声掉进浴缸里吗？而我之所以成为第一发现者，也是为了要回收那个机关吗？”

这不是怂恿，而是挑衅了——但侦探并没有上钩。

“不，倒不至于。机关愈复杂，会留下愈多的证据。就算是要制造不在场证明，但如果因此增加证据的话，实在很不聪明——不过，我认为你之所以会成为第一发现者的理由，大概就是你自己说的那样，否则就没有必要刻意成为第一发现者了。”

机关还是简单一点比较好——今日子小姐说道。

“说是远距离遥控的定时装置，好像会让人不自觉地联想到复杂的诡计，但其实并不需要额外小道具，只要有夺走宇奈木先生性命的那把吹风机就够了。”

“……你是想说那把吹风机有定时功能吗？时下的吹风机也太进步了吧。但我不用吹风机，所以不是很清楚就是了。”

“没错，像鲸井先生这种短发的男性，的确不需要——宇奈木先生当然也不需要吧。还是宇奈木先生平常也会用吹风机呢？”

“天知道……那家伙和我不一样，是个爱打扮的潮男，偶尔会吹吹也不奇怪吧。”

鲸井装迷糊地耸耸肩。

“作为凶器的吹风机没有定时功能。”今日子小姐表情严肃地回答，“而且也没有这个必要，只要尽可能选择高功率的吹风机就好。”

“那不就需要其他机关了吗？等下午三点的时间一到，让吹风机掉进浴缸里的装置——”

“不需要。”

今日子小姐强调。

“既不需要装置，也不需要让吹风机掉进浴缸里。因为吹风机打从一开始就在浴缸里。”

“一开始就在浴缸里？喂喂，你在说什么啊……高功率吹风机一旦掉进浴缸里，在那瞬间就会放电了吧，根本不成机关。”

“我起先想到纯水这个可能性。”

“纯……纯水？”

“是的。”

今日子小姐边说边指着游泳池。

“游泳池会在水里掺氯，而纯水则正好相反——简言之，是指没有混入任何杂质的水。这种状态的水，写成化学式是 H_2O，几乎不导电。倘若浴缸里的水是纯水，即使把吹风机丢进去，也不会放电。”

“……那，泡在浴缸里的吹风机会一直不放电吗？”

“不会一直。只要纯水不再是纯水的状态，那一瞬间就会放电了。”

“也就是……这就是你刚才所说的定时功能吗？是要说我确实预测了纯水的状态变化吗？没有化学知识的我，却知道一小时后大概会通电？”

“不是不是，我可没要这么说……我只是说自己一开始想到的，其实是这样荒谬可笑的可能性罢了。就算是侦探，也不可能预测到纯水随着时间经过的状态变化——而且，放满在浴缸里的水也不是纯水吧。”

“我想也是。”

“与其这么说，里头根本没有水吧？”

先提出一个荒诞不经的假设，再切入重点——似乎是忘却侦探的手法。

“吹风机只是垂挂在空空如也的浴缸里，后来才扭开水龙头——也不是全部打开，而是只开一点点。这么一来，浴缸就会慢慢地放满水，等到垂挂在浴缸的吹风机接触到上升的水面……”

就会放电了——今日子小姐十分肯定地说。

16

“计算浴缸的容积和水龙头的出水量，算出放满浴缸的时间，这只是小学生的算数问题。鲸井先生，你身为第一发现者，在等待警察抵达之前所做的事——非做不可的事——就是拴紧打开的水龙头。”

除此之外，当然还有其他要做的琐事——今日子小姐说。

“这就是你必须成为第一发现者的原因。”

“……你是认真的吗？今日子小姐。”

“我是认真的。”

今日子小姐一本正经地说。

“还是说，这个推理有瑕疵吗？你有什么想反驳的？”

“当然有。”

虽然嘴上这么说，但鲸井其实已经死心了。这只不过是应观众要求的反驳，为了让今日子小姐便于说明，于是无奈粉墨登场敲边鼓。

“第一，要把吹风机垂挂在没有水的浴缸里，考虑吹风机的重量会是可行的吗？吹风机会因为本身的重量而从插座上松脱吧？就更别说开关还是开着的了。第二，宇奈木怎么可能没注意到这个机关？你不会要说那家伙是默不作声地眼睁睁看着风力调到最大的吹风机就这么开着吧？第三，那家伙没事坐在空荡荡的浴缸里做什么？”

“是。是。是。”

今日子小姐捧场地一一点头——大概是打算待会儿再一次回答吧。于是鲸井也毫不保留地说出最后一个，也是最根本的疑问。

“第四，就像你刚才讲的，假设真的设下那样的机关——也不能证明我就是凶手。”

虽然他的不在场证明可能无法成立，不过那原本就与完美相距甚远。

“我身为第一发现者，就算把涓涓细流的水关掉，或许也只是‘没想那么多’就关了它不是吗？即使没有明确的理由或必然性，但是看到没关的水龙头，平常不是也会想要把它拴紧吗？”

“是会想要拴紧呢。因为我是那种看不惯邋遢的性子。”

“既然如此……”

“你可能误会了，我从头到尾可都没说过一句‘鲸井先生是杀害宇奈木先生的凶手’这种话哦。”

“唉？”

的确——没说过。一句都没有。

“我只是看到不在场证明就想要推翻而已——事实上，我也这么做了。刚才说‘就算没有不在场证明，也不等于就是凶手’，你大可以当作完全就只是字面上的意思。只不过——如同鲸井先生仔细条列指出的那些疑点，这个不在场的诡计有很多牵强之处。是呀，以定时装置来说虽然很简单，也做得很好，但是以杀害手法来说，未免也存在太多破绽。如果真要用这种方法杀死一个人，至少要先补强吹风机的插头，以免它因为本身的重量脱落，而且也必须让宇奈木先生昏迷，将他固定在浴缸里才行。”

“……像是把他绑起来，或是用药迷昏他之类的吗？”

“因为只要把吹风机踢到浴缸外就能得救了，所以除非把他五花大绑，否则这个诡计是无法成功的。而且不管是用药物还是用什么手段，就算让宇奈木先生睡着……”

今日子小姐用手指比出手枪的形状……不，那不是手枪的形状，似乎是暗喻吹风机。

“那把吹风机的风力很大，会发出很大的声音。要是熟睡到那玩意儿在超级近距离之内轰隆作响还醒不过来，遗体上应该会留下些痕迹。”

但却完全没有被绑的勒痕，也没有药物的残留——今日子小姐说道。

“总归一句话，为了制造不在场证明而用这种方法杀人，实在是愚不可及。如果一定要成功，则会增加许多非做不可的工作，或许真的能够杀死对方，可是搞到不在场证明不成立的可能性也太大了。”

今日子小姐断言。

实际上，鲸井的不在场证明的确也没能成立……虽然原因完全与她说的无关。但是先不管这些——

“今日子小姐，距离说好的五分钟，只剩下一分钟喽。”

鲸井指着游泳池畔的时钟说道。

“已经足够了。”

今日子小姐露出游刃有余的笑容回答。

“用这种方法杀人实在太蠢了——但若因此就认为是意外，事到如今也是同样蠢。头发很短的宇奈木先生在浴缸里用电线不够长的吹风机吹头发，未免也太不自然了。就连小学生也知道那样很危险——巧的是肘折警部打从一开始就这么说了呢。他说边洗澡边吹头发，根本是自杀行为。”

“被她看穿了……”

“自杀行为……没错，正是如此。宇奈木先生的死是自杀。鲸井先生——我想你当然是知道的。”

17

“自杀……这么想来，一切就都合情合理了，至少可以解决鲸井先生刚才提出的所有问题。如果是自行躺进没有水的浴缸里等待水放满，就不需要捆绑或药物，吹风机的噪音也只要靠自己的意志力忍耐就好——然后自己用手捧着吹风机，就能让插头不会因为吹风机本身的重量而松脱。”

虽然会留下指纹，但既然是自己的指纹，也没什么问题吧——今日子小姐终于把一直比成吹风机形状的手指收拢。

“换句话说，吹风机既是定时装置，也是自杀时使用的辅助工具。身为第一发现者，你所做的仅仅是收拾自杀现场——对吧？最近之所以会和宇奈木先生有电话联系，也是宇奈木先生要拜托你这件事吧？”

“……你的想法太天马行空了，我完全跟不上啊。前途一片光明的奥运代表候选人，怎么会想自杀？”

“以独居的单身男性而言，他的房间整理得过度干净。可是若将那视为要走上黄泉之路的准备，就一点都不牵强了。”

今日子小姐接着问鲸井。

“钱之所以不见了，是他当作酬劳给了你吗？”

会这么问，表示忘却侦探也不是对一切都了然于心。

“我怎么知道。不是早挥霍光了，就是捐出去了吧。”

“这样啊？好吧，就当是这样好了。”

关于钱的去向，鲸井是真的不知道，所以只能打马虎眼，但今日子小姐倒是非常干脆地不再追问。他正觉得奇怪，她又接着说。

“我并不认为你这么做是为了钱。”

“说得好像你都知道似的。”

“因为我真的知道啊。”

“假设宇奈木是自杀的，为何我非得拼命制造不在场证明呢？不就是因为我杀了宇奈木，才必须制造不在场证明吗？”

“之所以需要制造不在场证明，并不是因为你杀了他，而是因为你会被怀疑。因为你和宇奈木的关系原本就不和睦，偏偏你又是第一个发现遗体的人——所以不在场证明是绝对必要的。正因为你不是凶手，才需要可以证明这一点的证词。”

“假设……我只是假设，假设我和宇奈木真有这样的协议，难道是宇奈木打电话给我，好心给了我像是‘嗨，我决定要去死了。所以我死掉的时候，你要做好不在场证明哦’之类的忠告吗？”

“他大概真的这么说了吧，可能几乎就是照你说的那样。”

原本是想要挑衅她的，结果行不通。

看似温婉文静，但内心相当有主见。

“他或许还说了‘相对地，有件事想请你帮忙’之类的吧？就是要你收拾自杀现场。”

“乍听之下是很合理，但这也太奇怪了吧。要是那样，根本不需要搞那些机关。大可不用等热水一点一滴地放满，直接在跟我约好的时间把吹风机丢进浴缸里就好了。既然已经证明有人玩弄这种诡计，不就等于是证明了这个案子是一起杀人案吗？”

“不是等于，而是近似于。”

“近似于？”

“意思是宇奈木先生的目的，就是要让大家这么想——使用平常不用的吹风机、采取如果视为意外就会留下疑点的死法，用假装遭人杀害般的方式自杀。不但不留下遗书——还拜托你前往现场善后。”

因为宇奈木先生不希望别人知道他是自杀的——今日子小姐若有所指，语气凝重地说道。

“如同你刚才说的，他是前途一片光明的奥运金牌候选人——所以才不愿让世人知道他的内心会软弱到选择自杀。”

“……我真羡慕你呀，今日子小姐。”

“什么？”

“我是说我很羡慕你，羡慕你可以这样毫不迟疑地说别人自杀是因为内心软弱，今日子小姐。”

像我就没办法说得这么直接。

因为我也曾经见过地狱。

他完全没有立场指责侦探，所以几乎只是迁怒于她——但鲸井还是无法不这么说。

“像这种游泳池底潜水前进的游法，我就没办法。”

“正因为你无法这么做，宇奈木先生才会不计前嫌地请你帮忙吧。”

今日子小姐丝毫不以为意，微微一笑。

“像是请朋友帮个忙似的——拜托你拴紧水龙头。”

“……你只说错了一件事。”

鲸井从长椅上站起来说道。那只是一件芝麻绿豆大的小事，或许根本不该说，但是听她这种好像鲸井和宇奈木其实现在也还有交情的说法，让他觉得坐立难安，不说点什么不痛快。

“那家伙拜托我的，不只是拴紧水龙头而已——真要说的话，那不过只是附带的。”

“附带的？那他主要的诉求是什么？”

“你看过宇奈木尸体的照片吗？”

今日子小姐摇头。

就算看过，可能也忘了。

“那么，麻烦你去看一下。那家伙死时表情可是十分平静的，平静到难以想象是电死的端正死相。那也是当然，因为是我动手整理过了。”

虽说是整理，也只是把睁开的眼睛合上，让嘴巴也闭上罢了……但光是这样，给人的印象就会截然不同。

“我不是说过吗？他是个很爱打扮的潮男。就连自己死后的评价也在意得不得了——我则对那家伙的这一点恨之入骨。”

“……真不合理呢。”

可是，今日子小姐却这么说。

“不过吸引目光也是游泳选手的职分——别人怎么看是很重要的吧。”

“今日子小姐，我会被判什么罪呢？损毁尸体……吗？”

“我不知道。我对法律不熟，只知道理念和原则。”

“侦探这样不行吧？”

“因为我就算学过也会忘记呢。我所能依据的，净是一些传统的古老价值观。”

今日子小姐说完，也站起身来。

“你把遗体整理得体面，与损毁两字给人的印象应该是相去甚远——就连协助自杀能否成立都很难说。因为你只是知情却没有阻止而已……不过，把水关掉或许会构成毁灭证据，这点还请找肘折警部商量，我想他一定不会害你的。”

“那真是太好了……今日子小姐。”

鲸井说到这里，看向时钟——刚好五分钟。虽然还有事想问、还有话想说，但还是在这里画下句点才识相吧。

然而还有一件事想问——他说服自己这可以当作是伤停补

时，继续询问身穿泳装的侦探。

“虽然刚才我说了一些责怪你的话……但是就连我，也不是很明白宇奈木的心情。对于那家伙结束自己生命的行为，也不是很能接受——关于这件事，我不知道该抱持什么样的感想才好……我可以同样用‘原来也有人想着这么有趣的事啊’，来为这样的结局做个了结吗？”

“不行哦，因为这是现实。”

请永远这么烦恼下去吧。

今日子小姐严峻而冷酷地说。

“虽然我明天就会忘记了——但是不管再怎么不情愿，还请你永远记得宇奈木先生。”

“那么，鲸井先生。”

今日子小姐顶着还没全干的白发，转向鲸井，深深地一鞠躬。

“下次有缘再见面时——你要再从头追求我哦。”

18

“如同今日子小姐所言，宇奈木先生身为运动选手的最佳纪录最近似乎一直无法更新。只不过，再怎么说，那也只是数字上的停滞。询问过他身边的教练及朋友，都不认为他会自杀。”

在健身房外与今日子小姐会合的肘折警部边走边向她报告，因为在游泳池里游了泳，今日子小姐的眼睛变得红红的，加上那一头白发，感觉有点像是小兔子。她似乎不怎么意外的样子，只是微微颔首。

“或许对愈是亲近的人，愈无法坦白内心所想也说不定。所以只能向与自己撕破脸的鲸井先生求助——大概是这样吧。”

“鲸井先生答应这件事的理由呢？应该没有牵扯到金钱交易吧？”

“但好像也不是基于友情。硬要说的话，可能是一种男子气概……也可以说是想耍帅吧。这点倒是和‘不想让人知道自己的死是自杀’的宇奈木先生颇有异曲同工之妙——或者该说是物以类聚呐。”

“……他们到底算是朋友，还是不算朋友啊？”

“大概都算是小男生吧。”

今日子小姐耸耸肩，微微一笑——语气听起来颇为愉悦，或许只是开玩笑。不管到底是怎样，接下来都是警方的工作了……既然没有能马上把他带走的证据，肘折警部也只能等鲸井主动投案吧。

他已经不会逃跑了——今日子小姐信誓旦旦地保证。

“那么，肘折警部。这件事到此告一个段落，我没有要催你的意思，但是你差不多该付钱了。”

到了车站，今日子小姐的角色从侦探变成了经营者——现在是晚上十点，“今天”只剩下两个小时。置手纸侦探事务所的收费原则，基本上是在当天以现金支付——因为到了第二天就会忘记，所以不得不这么做。

“我当然知道。你看看，我早在白天就已经准备好了。请点收一下。可以给我收据吗？”

肘折警部说着，从西装内侧口袋掏出信封，郑重其事地递给她——今日子小姐先是用媲美经验有如银行员般的手势清点里头的纸钞，接着有些狐疑地侧着头。

“不好意思，肘折警部。这样我不能开收据给你。”

“咦？奇怪，是数目不对吗？”

今日子小姐的口吻固然平静有礼，却以一种比起指出事件真相时还要凌厉的视线直指肘折警部的疏忽之处，害他有点招架不住。

“我应该如数准备好了你要求的金额……啊，对了，我想起来了。你可能弄错了啊，今日子小姐。你不是说过，愿意免收消费税，也就是定价打九折吗？”

肘折警部纠正她。

“我哪有说过。我完全不记得。”

忘却侦探如是说。

第二章 今日子小姐的密室讲座

1

“哎哟，身为善良的市民，我是很想协助各位调查的，可是很不巧，我完全不清楚呢。就像我刚才说过的，我完全不知道事情为什么会变成这样。无法帮上您的忙，我真的感到非常抱歉。”

被视为命案凶手的那个人，装出一副打从心底感到抱歉的模样，厚着脸皮这么说——要说是“凶手推托用经典对白”也的确是，但实际上却意外地是相当难以应付的棘手说词。不提任何蹩脚的借口，也完全没有要解释的意思，就只是一再强调自己毫不知情——虽然不说谎、不打马虎眼，然而提到案情也一问三不知，若要找出证词的矛盾，或以辩证的方式逼问她，也有如登天之难。可能想破头、说破嘴，也无法换来“不好意思，是我干的”的自白——或许是吃定了这一点，嫌犯又补了一句。

“因为我真的对当时的事没有记忆。”

说话面不改色，态度游刃有余。

杀了一个人，却丝毫没有反省及后悔的样子——倒也不能这么说。或许是为了保护自己，已经不顾一切了。要这么想，反而还会涌起一股类似同情的感觉——但，与这样的嫌犯面对面的她却非如此。

满头白发的侦探——掟上今日子，对嫌犯坚不吐实的态度却丝毫不为所动，反过来说，也没有半点同情对方的样子。

“真不好意思，那是我的台词。”

她维持笑容可掬的姿态。

“没有记忆的，是我。”

2

密室杀人什么的，终究是只有在推理小说里才会发生的幻想故事，不会发生在现实的世界里。

这种话才终究只会出现在推理小说里——远浅警部心想。虽然没告诉过任何人，但若是让受到小时候爱看的推理小说影响，才会决定要当警察的他来说一句，这种话才是不知在故事里看过多少次。

然而，要说到现实与幻想的不同，“密室杀人案”其实充斥在现实世界里——当然，严格说来，那并不像发生在推理小说里的密室杀人案，不会有荒诞无稽的诡计，也没有会让听众惊叹的解谜——有的只是凶手“想把尸体藏起来”“不想让尸体被发现”之类，多少算是迫切的实际动机。

为了不让罪行曝光，而想把尸体藏起来——当然也有这个原因吧，但是不想面对“杀了人”这个不动如山的事实，想把尸体排除在自己的视野所及之外的这种心情——应该是更为强烈吧。

不是想将其关在里头，而是想将其关在外面。

所以才会把尸体塞进无人的房间。

咔嚓一声把门锁上。

制造无法从外面干涉的密室——从过去到现在，远浅警部已经处理过无数个这样完全不会让推理小说迷感到兴奋和期待的密室。

总之，出现在推理小说里的命案和实际发生的命案最大的不同，或许就在于凶手的思考逻辑——但这也不是说“要是有足以想出超凡诡计的聪明才智，才不会冒着这么大的风险杀人，应该衡量得出这种程度的利益得失”这种也算是常出现在推理小说里的经典台词就是了。

按照远浅警部的定义，推理小说的犯人和侦探是不分轩轾的对手，必须处于同样的高度才行。就算诡计被揭穿，就算被挑明说是犯人，也必须纹丝不动，干脆利落，甚至是落落大方地叙述之所以会染指犯罪的前因后果。犯人和名侦探一样，都必须善于演说才行。

可是，实际上并没有那样的犯人。

他们绝大部分都是被逼到狗急跳墙，于是不得已或是一时冲动犯下弥天大罪，光是掩饰罪行就拼上老命——仔细想想，在法治国家里，杀人犯的对手不是什么侦探，而是和国家为敌，这样的人能保持正常的精神状态才怪。

这件命案的凶手肯定也是因为恐惧被捕，混乱至极之下才会制造出这种莫名其妙，别说是不知意图何在了，根本是不知意义何在的密室。

远浅警部如此认定。

（只不过要说是密室，这密室还真小啊——地点也颇为奇特。）

与其说是奇特，不如说是很不习惯。

比起密室，比起命案，这地点还真让人不习惯。

命案现场是位于流行服饰店铺里的更衣室——亦即所谓的试衣间。那是一家以年轻女性为主打客户的品牌门市，对于已经四十好几的远浅警部这名中年男性来说，是八竿子也打不着的场所——刚才他还不小心说成“服装店”，引来部下一阵窃笑。

死者是屋根井刺子。

据说她是这家“Nashorn”服饰店的常客——今年二十二岁，是个独居的上班族。

不论累积多少经验，远浅警部还是无法习惯命案现场，每次都会觉得不舒服，尤其当死者是年轻女性时，更是令人心情黯淡。死者那头染得光鲜亮丽的头发和大大的平光眼镜，作为装饰尸体的要素也实在太脱离现实。

死因是遭钝物重击致死。头部受创一击毙命。

掉在现场——试衣间里的衣架被视为是凶器。把原本只是用来挂衣服的物件，几乎与人命扯不上关系的道具拿来当成杀人工具，让人感到甚至是有些滑稽，但是当然，这件事并不好笑。

更何况，和远浅警部平常去买衣服时常见的不同，不是用铁丝或塑料制成的轻量级衣架，而是厚重的木制衣架——脑袋被这种衣架敲到，肯定会受到很大伤害，要是刚好敲到要害，当然也会死人吧。

衣架是这家店里平常在用的东西，上头还刻着品牌名称。这么一个衣架的价格大概比远浅警部的大衣还要贵吧……不过这一点儿都不重要。

重要的是，衣架是这家店自行设计的东西。警方推断凶手是情急之下随手拿起这个衣架，冲动地往死者屋根井刺子的头上砸。换句话说，并不是有计划的犯案——谁会想到要用衣架来杀人呢？死者挂掉了，最惊慌的大概是凶手吧——因此。

凶手制造了密室。

把凶器和尸体塞进试衣间，喀嚓一声把门锁上——

（……没办法喀嚓一声吧）

也没办法砰的一声把门关上。

毕竟是试衣间。要说门嘛，只是一片轻飘飘的帘子；要说锁嘛，也不是真的锁上，只是用个钩子简单地钩住。

不会发出声音。

不管从里头还是外面都可以轻易地打开——像这样，只能说是徒具形式的密室。

虽是狭义的密室，说穿了甚至不用解开钩子，只要从帘子底下还是可以钻进去。

顶多就是让人在试衣间里试穿时春光不外泄而已——姑且因为有天花板所以无法从上方入侵，但是由他这个推理小说的忠实读者来说，这种空间及系统，实在称不上是密室。

（只不过——）

只不过，除了密室的构造以外，还有必须要思考的部分。其实，那才是比密室还要奇妙，还要不可思议的谜团——

“请问……”

“哇！”

背后突然传来声音，把他吓得跳了起来——还真的跳了五公分高。不，这并不是因为远浅警部特别胆小。相反，练过警察剑道、警察柔道的他，精神算是相当顽强的——只是正因为如此，像这样被人无声无息乘隙站在背后，冲击还是非同小可。

即便是站在命案现场集中精神地想事情，但是居然没发现有人靠到这么近——到底是从什么时候跑到自己背后的——边想边回头，但眼前却没有半个人。

喂喂，该不会是听到死者冤魂不散的声音吧？他脑中瞬间闪过推理小说的忠实读者不该想到的灵异现象，结果，只是因为身高差太多。

稍微把视线往下移，只见有个戴着眼镜、满头白发的女性，脸上满是笑意地站在那里。厚厚的围巾搭牛角扣毛大衣，脚下踩着及膝的长靴——就连没什么品位的远浅警部也看得出来，那是很有整体感的打扮。

“啊，呃……这……这个，不好意思，小妹妹。现在，这间服装店……这间服饰店禁止闲杂人等进入……”

她那满头白发非常有特色，不像是染的，所以很难判断她的年纪，但是恐怕和死者差不多，都只有二十多岁——正是“Nashorn”服饰店的主要客户层——看来是个时髦的女生，大概是要来买衣服的，远浅警部虽然有些困惑，但还是判断必须把她赶出去。明明已经拉起封锁线，还有人站岗，真不知道她是怎么混进来的。

“不不不，这里的确陈列着许多令人眼花缭乱的漂亮衣服，但我并不是客人。”

“咦？”

判断错误，让远浅警部愣了一下。满头白发的女子拿出名片，深深地低下头。

“您是负责现场的远浅警部对吧？初次见面，我是来协助调查的置手纸侦探事务所的所长——掟上今日子。”

3

他听过掟上今日子的传闻。说得更明白一点，她是个名人。

传说中的忘却侦探。

无论什么案件都能在一天内解决，速度最快的侦探——话说回来，那是因为她具有记忆每天都会重置的特性，如果不在一天内解决问题，就会把案件的事、凶手的事、推理的事全部忘得一干二净，速度最快只是必然。

从如果不最快就无法当侦探这点来说，不禁让人联想到一旦停止游动就会死的鱼类——当然，这一切都基于她是个能力高强的侦探，才能以“最快的侦探”即“忘却侦探”闯出名号。

仿佛推理小说里会出现的名侦探。

这么说其实有些语病，总之若问她为何会来到“Nashorn”服饰店，则似乎是出于署长多管闲事的好意。

她经营的置手纸侦探事务所（但旗下的侦探好像只有今日子小姐一人）经常以协助调查的名义，被请到案发现场——虽说警察请侦探帮忙这种事，就算没有法律上的问题，也很难逃过世人的批判，但倘若对方是忘却侦探，那事情就又另当别论了。

因为她会把“接受了警方委托”的事实，也随着事件的内容一并遗忘，可以百分之百地遵守保密协议，不会留下任何后遗症。

不，一开始或许是基于这样的理由才请忘却侦探协助调查的，但如今就算不是这样，警署可能也会请她帮忙——由此可见她对许多案件的侦办做出了贡献。例如媒体炒得沸沸扬扬的“塑料瓶命案”、事情真相永远无法得见天日的“大团圆杀人事件”之类，就远浅警部所知，也有很多同事是因为捡了她解决悬案立下的功劳，才出人头地的。

正因为如此，她才能不靠任何身份证明，就如入无人之境地进入拉起封锁线的店内——在这之前，远浅警部从未见过这位忘却侦探。

的确是初次见面。

倒也不是故意避着她，只是远浅警部不管面对多么困难的案子，也不曾向上司求助过。就算有机会，他也没想过要去找满头白发的忘却侦探。

由于是到了隔天就会忘记一切的忘却侦探，就算跟她共事过再多次，下一次又在案发现场相遇时，依旧得从“初次见面”开始从头来过——远浅警部已经不止一次听到这样的抱怨（也就是说，虽然在案发现场的警官都认得她，但是她却完全不记得站岗的警察长什么样），但这次自己和她则真的是不折不扣的“初次见面”。

之所以不去找忘却侦探，是认为身为警察公务人员的专业自尊，绝不容许自己委托民间侦探办案——可惜并非如此。如果能有这种类似威武不屈的帅气坚持，心情该有多轻松——事实上，只是出自单纯的嫉妒。

远浅警部的确是看了推理小说，受到其影响才当上警察的，但是如果说这份工作是他的第一志愿，当然不是这么一回事——可想而知，他的第一志愿绝对是三两下就解决难题的“名侦探”。

只是，就算有“侦探”这种职业，也没有“名侦探”这一行——现实世界里的侦探，是一种调查情报的职业，而不是搜查办案的职业。

因此，作为仅次于最佳解的答案，远浅警部选择当一名警察——毕竟在推理小说里，也有很多由警察担任侦探角色的杰作。

只可惜在人们印象中，推理小说里的警察机关多半还是用来衬托名侦探的角色，这一点让远浅警部很不甘心。明明实际接触案件，与犯人对峙，维持治安都是警察的工作——当这样有点自怜的矛盾纠结在心中之时，他听说了忘却侦探的传闻。

不是揶揄，而是真的被称为“名侦探”的她——宛如出现在虚构故事里的侦探般，受到警方委托前来协助调查，看在远浅警部眼中，是羡慕到不能再羡慕的对象——正因为如此，他才不曾请她帮忙——直到今天。

被害妄想到了这个地步，几乎有点像是强迫观念了，但是自己身为警察，使出浑身解数这么努力地走到今天，可不会情愿随著名侦探的登场，就被降格到衬托的角色。

然而实际这样面对面，感觉却跟他原本以为的大相径庭。眼前的她没有出现在推理小说里的侦探那种强大的压迫感，只是一位感觉温和，看起来娴静优雅的女性。就像意外地在现实世界里很多的密室，也大多和想象中的不同般，现实世界里的名侦探，也不见得都会叼着烟斗……

“小妹妹，感谢你愿意帮忙，但我想这案子并不需要劳烦你出马，还是请回吧……”

虽然因为一切发生得太过于突然，让他的反应稍微慢了半拍，总之远浅警部还是开口先请她离开——还好现场取证几乎都已经结束，部下们正在三楼的办公室向这家店的员工问话，所以卖场只有远浅警部一个人。他打算在被人看见以前，委婉地打发她回去——站岗的警官虽然也目击到她的白发，但是只要好好地堵住他的嘴，一样是没人知道——远浅警部心中如此盘算着，只是话才说出口，就发现她已不见人影。

突然出现的她又突然消失了。在远浅警部慢了的那半拍之间，侦探已经以迅雷不及掩耳的速度——走向试衣间。

“虽然已经移开了，但遗体原本是在这里吧？没有留下血迹，是因为死者没有出血吗？”

“啊……请……请别这样，小妹妹。”

远浅警部赶紧冲向已经自顾自地开始调查起来的她身边——最快的侦探“只要目光稍微离开就会采取下一个行动”的速度，似乎比传闻中更迅速。而且，远浅警部的目光刚才根本没有离开她身上……

不过即使动作快，或许还是有点少根筋，因为她蹲着看得起劲的试衣间“隔壁”才是发现死者屋根井刺子尸体的地点——虽然构造是一样的。

“请不要再叫我小妹妹了。我虽然不记得自己的出生年月日，但至少也宣称二十五岁，已经不是可以被叫成小妹妹的年纪了。”

“不介意的话，请叫我今日子小姐。”她转过头来笑着说。

虽然他不想叫她叫得这么亲昵，但是一直叫人家小妹妹，的确也很失礼——远浅警部虽然是自以为客气才这样称呼她的，但如果惹得对方不高兴，也没有意义。

“今日子小姐，被害人是陈尸在隔壁的试衣间。”

“哎呀，是这样的吗？”

“呃，不是左手边，而是右边那间……”

试衣间一共有六间，连成一排，屋根井刺子则陈尸在从右边数过来第三间——只是在那间里头也是没有血迹，更没有杀人的痕迹。而正如她——今日子小姐所说，死者虽然头部受到重击，却没有出血。

真不愧是名侦探，不用看到尸体就推理出事实——远浅警部差点心生如此感慨，但这其实是他太过妄自菲薄。就算是夏洛克·福尔摩斯，连现场都跑错也是推不出什么理的。

“嗯哼，我也不知道呢。”

实际上，今日子小姐对于自己搞错死者陈尸在哪间一事，似乎也没感到丝毫丢脸或抱歉，只见她动作利落地脱下长靴，钻进方才发现尸体的那间试衣间——钻进试衣间?

这一连串动作倒是不快，但由于是非常自然的动作，所以即便目睹她在自己面前做出如此暴行，远浅警部却无法及时阻止她。

做梦也没想到她会这么做，人只要有点理智，应该不会想钻进刚才还有尸体躺在里头的试衣间吧——虽说由于取证已经结束了，就算有人钻进去，也没什么特别不方便。

“等等，今日子小姐……”

“请稍候。”

帘子唰的一声拉上。

伸出去的手只差一点就可以拦住她了——但果然没有发出喀嚓的声音。然而从帘子不自然的摆动可以得知，在拉上的同时，钩子也勾上了。

猝不及防地现身，也没征求同意，就擅自封锁案发现场的行为，就算她是受署长所托来的侦探，依现场的判断把她抓起来也不奇怪——可是这样看来，似乎得收回刚才说的话才行。

光是用帘子隔开、只能勾上钩子的试衣间，不过只是残缺不全的密室，从外侧也可以轻易地打开，再不然也可以从帘子底下钻进去——远浅警部虽曾这么认定，但实际上遇到这种状况，还真没有出手的余地。

即使是物理上破绽百出的密室，在心理上却有如焊接的铁板一般，是个牢不可破的密室——因为，从试衣间里正传来衣服窸窸窣窣摩擦的声音。

她在脱衣服吗？

原本就是是试衣间，这也仅是正常使用——但这么一来，那现在就不能拉开眼前的帘子了。一旦她尖叫起来，可是会引起大骚动的——远浅警部才不想看到听到尖叫声的部下们，兵荒马乱赶来的局面。

“请问……今日子小姐，你在做什么？”

“当然是在换衣服啊。”

“哦，不，可以的话，请你不要在命案现场换衣服好吗……”

“让你久等了。”

出乎意料的展开令远浅警部手足无措，只能隔着帘子向她喊话，还搞不清楚状况，那道帘子又唰的一声被拉开——只见今日子小姐已经完全换了一身打扮。

她穿着白底红格子的宽松连身洋装——七分袖，裙子长度也短了一点，底下露出窄管裤。

嗯——就连远浅警部也注意到了。

虽然他看在眼里，所有的衣服（尤其是女装）看起来都一样，然而此时此刻，他也注意到今日子小姐换上的衣服是这家“Nashorn”服饰店的商品——毕竟，连标签都还挂在上面。

看样子，在她钻进试衣间的同时，不知什么时候也顺手拿了展示在一旁的衣服，而且还遵守着一次最多只能带两件衣服进去的规定。

“呵呵呵，这个牌子真的很好看，我可能会爱上呢。”今日子小姐边说边把拿在双手的两个衣架的其中一个递给远浅警部。他不明所以地接过时，听到她这么问：“凶器是跟这个一样的衣架吧？”

呃……她怎么会知道凶器是衣架？还以为她怎么突然就换起衣服来——正想说她换衣服的速度未免也太快了——难道是她在帘子的另一边进行侦探特有的现场检视吗？明明已经没有尸体，也没有痕迹。

“哦不，只是刚才碰巧与像是鉴定科＊的人擦身而过，是他们告诉我的。”

这回答真令人跌破眼镜——可是仔细想想，倒也不是太令人跌

＊ 鉴定科：利用各种专业知识、技能以及经验对犯罪现场证物进行鉴定分析和识别评估，为破案提供依据线索和思路。

破眼镜。虽说大家都认识她，不过要从擦身而过的鉴定科人员口中问出这些调查情报——即使侦探原本就擅长调查，这也并不容易。

今日子小姐似乎是为了准备衣架……跟凶器同样的东西才换衣服的。而准备两个……莫非是自己的份和远浅警部的份吗？

只要把挂在上头的衣服拿下来就好了，有必要换衣服吗？

“沉甸甸的，是很坚固的衣架呢。的确，用这种东西打下去，真的会一击毙命也说不定。”

今日子小姐抱着刚才还穿在身上的衣服走出来——跟脱的时候一样，穿鞋的动作确实也有如行云流水。长靴应该是要花很多时间穿脱的鞋子，但她在穿的时候简直就像穿凉鞋一般迅速。

“没错……可是，一般人不会想到要拿这种东西当凶器吧。”

“是呀。被这种东西杀死，死者也很郁闷吧——话说回来只要被杀，被什么东西杀死都会很郁闷才是。”

“所以是一时冲动而下重手的吧。原本没打算杀死对方，只是抓住刚好在手边的衣架打下去——天知道被害人会死。”

“或许吧。但也或许是故意要让别人这么以为。”

今日子小姐走出试衣间，这下又在附近商品区走来走去，一一检视起摆在架子上的帽子和鞋子。看她这样，实在跟平常来购物的顾客没两样。

“故……故意要让别人这么以为？什么意思？”

“我的意思是说，或许凶手就是要让别人以为这是一时冲动、没有计划性、没有杀意的行为。如果不是蓄意杀人，而是过失致死罪，刑责就可以减轻一点呀……那么，这件命案的凶手可就很难对付了。因为一般而言，凶手满脑子想的都是不要被捕，但是这个人就连被捕时的情况也考虑进去了。”

这是远浅警部不会有的想法。

即使不会演变成过失致死，但是否为有计划的犯案，在法庭上也会成为重要的论点。

倘若如同出现在推理小说里的犯人，拟订缜密的计划，花很多时间动手犯案，被捕的时候通常会罪加一等——因为会被认定情节较为恶劣。相较起来，一时冲动、没有计划性的犯案，反而容易被判定为“没有恶意”——只要彻底地表现出反省的态度（就算没有真的反省），刑期也可以缩得相当短。要是律师够能干，甚至还可以得到缓刑吧。

如果凶手真的计算到这一步，的确可以说是非常棘手——比起伪装成意外的杀人还要恶劣。当然，不要被抓是再好不过了，但是借由刻意扮演稚拙的罪犯企图即使被捕也能被从轻发落，这种想法的转换真是令人咋舌。

用手边的衣架作为凶器、制造单纯的密室——虽然远浅警部已经勾勒出一名心理素质不高的凶手形象，但看来此时此刻最好把这些都丢掉——万一陷入那样的迷思，可能会栽个大跟头。

这时。

“啊！”

远浅警部猛然回过神来。不知不觉之间，他已经被卷入今日子小姐的步调了。被侦探抢走主导权——这不就真的成了衬托侦探的警部吗？

现在可不是佩服她的时候。

“请……请问，今日子小姐。”

“是，什么事？”

“显然是出了什么差错，一定是署长有所误会。让你在百忙当中特地过来一趟真不好意思，但是这个案子的人手很充足，并不需要你的协助。还请你……”

远浅警部重新打起精神，下定决心要把侦探赶走。不过传统上“企图赶走擅自闯入现场的侦探之食古不化的警部”，也是一看就知道的帮陪衬——只见今日子小姐拿着衣架，摇了摇手说道。

“请不用费心。”

明明不是什么大不了的动作，但如今知道那玩意儿可以杀人以后，她这手势总让人觉得具有威吓的意味。

“因为署长委托我协助的业务并不是办案，所以我也不会对远浅警部的做法或推理多所置喙。”

署长大人跟我提过，负责现场的远浅警部非常优秀——今日子小姐说。远浅警部原本还有点怨恨擅自找侦探来的署长，得知他这样形容自己之后，不禁有些心虚愧疚。

既然如此，今日子小姐是为了什么而来?

“该说是助手吗……署长拜托我来提供一点建议。毕竟，远浅警部这么个大男人，身于这样的服饰店里，可能会有些不知该从何着手的地方吧。”

是这样啊。

即使内心多少还是认为署长实在多管闲事，可是凭良心说，远浅警部也感到颇为庆幸——之所以把讯问店员等相关人士的工作整个丢给部下，也是因为自己对时尚界的专业术语完全是鸭子听雷，和店里这群人讲起话来仿佛迷失在异国街道，语言完全不通的缘故。

虽说部下们是年轻些，比远浅警部占有优势，但似乎仍然是陷入苦战，他也想过要请求支持，心想有个女警至少会好一点——没想到署长已经先帮他打点好了。

换句话说，今日子小姐这次不是以侦探的身份，而是以穿搭达人的身份被请到现场来的。的确，就连时尚大外行远浅警部也看得出她有多时髦，想必一定能够轻松胜任吧——听说，掟上今日子从来没穿过同样的衣服。

当然，这其中也有署长刻意借由远浅警部较能接受的方式，好促成他和忘却侦探接触共事的意图吧……

“这样的话，那就请你多指教了。毕竟我对衣服的事一窍不通……”

远浅警部自己也觉得如此态度转变太明显，但一知道侦探并不是来推理办案，也就老实地请求她协助。

“好的，包在我身上。我绝对不会干扰远浅警部办案的。”今日子小姐说道，“话说回来，远浅警部，可以请一位店员过来这里吗？”

“为什么？”

远浅警部的戒心顿时升高。

在服饰店内进行调查时的时尚知识顾问……她不会是想要以帮忙翻译时尚用语之名，行推理办案之实吧。

“我想买下这件洋装和牛仔裤……但是柜台没有任何人。”

今日子小姐说道。

原来如此，居然是要在刚发生过命案的店里买衣服——身为时尚顾问，这胆量的确是让人感觉还挺牢靠的。

4

老实说，忘却侦探的口译功力非常了得，在三楼办公室对店员及客人们——发现尸体时正在店内购物的客人们——进行的侦讯原本迟迟没有进展，在她加入之后便进行得十分顺利。

曾耳闻她是最快的侦探，但看来不只是她自己的办事效率快，还能提升周围的速度，真是令人敬佩不已。

因为今日子小姐的记忆每天都会重置，远浅警部很担心她会搞不清楚最近的潮流，毕竟时尚界是个瞬息万变的业界，这样的话可能会冒出很多她不熟悉的用语——结果似乎只是他杞人忧天。

“我的知识的确从‘某个时候’开始就再也不更新了，不过幸好我在这方面已经有足够基础，加上前来这里的途中做了些功课，总算能应付。”

她说得轻松，但这样像是在通勤时的电车上玩手游般补足失去记忆的能耐实在非比寻常……远浅警部觉得一下子就举白旗投降的自己很可耻。

只不过，如此费心补足的知识，到了明天，她就会忘记了——远浅警部无从揣测忘却侦探的心里在想什么，却也觉得那是一件非常空虚、非常可悲的事。但是今日子小姐本人却一副若无其事的模样。

“不会呀，可以和各种不同的人说话，我也觉得很开心呢。”

还一脸满足的表情。

看样子，远浅警部帮她付了她想买的洋装和牛仔裤这件事，似乎让今日子小姐心花朵朵开——照这样看来，“忘却侦探对钱斤斤计较”这种不太好听的传闻，似乎也不是无凭无据。

只是觉得，如果要向店员或店里的客人打听消息，让她穿上店里卖的衣服说不定能给对方留下好印象，所以才买给她的（由于价格贵到吓死人，他当然是打算用经费报销）。

这个算盘似乎打对了，结果真的让他们问出很多光靠警察问不出来的细节情报，但要说值得额手称庆，远浅警部却并不满足。

姑且不论那个简陋的密室——远浅警部从案情本身之外感受到的一股极为强烈的不协调感，还是无法消除。不仅如此，随着得到的证词更加详细，那股不对劲的感觉反而更为强烈了。

他还曾经期待过，会不会是因为自己对相关人士说的话没有理解，才会搞不清楚状况导致断章取义，但看来似乎不是这么一回事——那到底是怎么一回事呢？

“那么，工作已经告一段落，我就先告辞了。至于费用，我会直接去警察署向署长请款。多谢惠顾，往后也请继续关照置手纸侦探事务所。”

“请……请等一下！”

今日子小姐一鞠躬之后就准备往外走，远浅警部连忙出声挽留。

并不是想到什么才要留住她——只是因为看到今日子小姐太理所当然地要离开“Nashorn”，才会反射性地出声喊住她。

“咦？怎么了？还需要翻译吗？”

“啊，不是，已经不需要翻译了……”

完成绝大部分相关人士的笔录，虽说是没听过的时尚界用语，但也并不是外国话——听今日子小姐说明了几次之后，大致也能理解所指为何了。即便仍无法开口说，光是听的话还可以应付——就这么看来，今日子小姐身为顾问的口译工作的确已经告一段落了。

“有件事让我耿耿于怀……方便的话，还想请教今日子小姐的意见。”

“嗯……”

今日子小姐的反应似乎像是有些犹豫，又有些像是在卖关子。

“我原本想在请款前先去吃个晚饭。所以，如果远浅警部愿意请我吃饭，倒也不会不方便啦。”

今日子小姐以平静的口吻，笑眯眯地这么说——所以感觉不太出来她显然是在敲诈——算了，刚好也到了晚饭时间。

不过，再怎么样，也不能带像今日子小姐这样的淑女到远浅警部平常去的那种大众食堂或居酒屋，所以明知会被调侃，也只能请平常对他们的轻浮看不过眼的美食家部下告诉他适合的店……

如此这般，两人前往距离“Nashorn”服饰店不远，算是中高档的意大利餐厅。

坐在店里，远浅警部感觉其他客人好像都在盯着他们看，这就是所谓的自我意识过剩吧——大家要看，应该也是在看今日子小姐的那一头白发。

至于众所瞩目的今日子小姐，却仿佛完全不在意别人的视线。

“我要开动喽。真不好意思，好像是我在催你似的。”

什么好像是，根本就是。

最快的侦探同时也是最怪的侦探吗？远浅警部心想着这种无关紧要的细枝末节，也开始品尝送上桌的餐点——听部下说是很美味的餐厅，但是因为莫名的紧张感，老实说，有点食不知味。

“所以呢？你想要问我什么？在大家的证词里，有什么让你不明白的地方吗？”

虽说是忘却侦探，但似乎没有忘记自己的本分，没多久就开门见山地这么问——因为难以主动开口，对方愿意主动提起的话，真是谢天谢地。

“不，托你的福，侦讯才能进行得这么顺利……今日子小姐，你对这案子有什么印象？”

“没什么特别的印象。”

今日子小姐不假思索地说。

“因为这并不在我本次的业务范围内。推理就交给各位专业人员——我顶多觉得那是一家很别致的服饰店，所以希望他们能早日恢复营业吧。”

“是哦……”

若要说她谦逊有礼到不像个侦探，会是言之过早吗？远浅警部听曾经三番两次与她共事的部下说，今日子小姐似乎是相当强势，会一再介入调查的那种侦探——唯独今天，该说是特别安分吗？之所以不强出头，似乎还是因为被请到现场来的身份是“时尚知识顾问”之故。

擅自闯进试衣间里换衣服，或许也就如远浅警部原先的想象，打从一开始就是为了把口译工作做得称职才换衣服的——而当时她对凶器的考察，应该也不是推理，只是在陈述一般的论点吧。

说到专业，她的确有非常高的专业意识——反过来说，或许也仅是其宛如守财奴般信念的呈现——没有酬劳拿，就不打算推理。

“当然，我也有我的想法与看法。但是现在，我比较好奇受到署长那般盛赞的远浅警部，面对此案会有什么推理。”

今日子小姐笑眯眯地说得似乎话中有话。

门坎在自己不知情的情况之下被拉得也太高——那个署长到底干了什么好事？远浅警部不禁又怒火中烧。

不过，在推理这方面，他当然也没有打算要仰仗今日子小姐的协助——只是想验证自己感觉到的不对劲而已。

尽管他在情势的推波助澜之下来到这种高级餐厅，但想问的其实站在案发现场就可以问完了。

“呃，今日子小姐在翻译的过程中，也听到店里的人和客人们所说的证词吧？间接地……”

今日子小姐因为要担任口译,别说是间接,根本是直接听到——间接的反而是只听取部下报告的远浅警部。

“是的,我听到了。还请不用担心,无论是什么调查上的机密,一到了明天,我就会忘得一干二净。

“因为我是忘却侦探。”今日子小姐说道。

这的确是忘却侦探的卖点——即使接触到被害人或其家属,抑或关于加害人私生活的情报,也完全没有外泄的可能——因为她一定会忘记——没有比“销毁”更加可靠的情报危机管理。

“当时你注意到什么奇怪的地方了吗?综合大家说的话……”

“嗯。嗯……”

今日子小姐停顿了一下。

从她的反应可以看出,她似乎察觉到“什么”,但是看她那样子,似乎是在犹豫要不要说。

她似乎正在思考,若指出奇怪的地方,会不会变成“没有人委托她,却做起侦探的工作”……不过,看来最后下的判断是“这还在顾问口译工作的范围”内,也或许是她将底线设在“只要不推理就行了”。

“如果大家说的都是实话,那么死者屋根井小姐就不是遇害之后才被藏在试衣间里,而是在试衣间里遇害的——在那样狭窄,只有半张榻榻米大的试衣间里。”

今日子小姐淡淡地说。

远浅警部现在才想到，这实在不是适合边吃边聊的话题，但今日子小姐倒是不怎么在意的样子，优雅地拿着刀叉享用餐点。

“我也是实际在那个试衣间里换过衣服后才明白……要是两个人一起进去，几乎就动弹不得了。而且这还假设是两个女生，如果是像远浅警部这种体格壮硕的男人，就算只有一个人，可能也会相当局促。”

他想也是。

因为试衣间原本就预设要给一个人用，空间没多大也是理所当然——但是，如果那里是命案现场，就又另当别论了。

在那样狭窄的空间里，别说是杀人，就连要吵架都很难吧——距离太近了。虽然不至于做不出举起衣架往对方头上砸的动作，但也非常困难。而且挨打的人也不会乖乖被打吧……距离这么近，要扭打抵抗轻而易举。

不过，被害人的遗体上却没有像是争执过的痕迹……

“可是……”今日子小姐说，“综合所有人的证词，就会得到这一结论。毕竟有人目击到屋根井小姐进入试衣间的身影。”

没错，有人目击到了。

目击到被害人走进试衣间，拉上帘子的身影——却没看到她再出来。

由于店员觉得试衣间似乎一直处于“使用中”而感到不对劲，提心吊胆地喊了几声之后，因为完全没有反应，判断为紧急状况后才从外面解开钩子，拉开帘子一看——就发现有人陈尸在里头。

“光天化日之下在店家做生意时杀人，就已经够吓人了呢，远浅警部。分明还有其他客人……可能还有人就在隔壁的试衣间里换衣服。”

“虽然问过发现尸体时在店里的所有客人，但就目前的证词，当时两边的试衣间里似乎都没有人。”

“并非实际上有没有人进去，而是可能性的问题——如果是有计划的犯罪，应该会对于‘有人在隔壁’感到很不安。这么一来，或许还是该判断凶手是不顾前后，在冲动之下犯下罪行才是正确的也说不定。”

或者——故意装作是这样。

今日子小姐像是在玩转逻辑问题——已经够乱了，真希望她不要再这样捉弄人。

对于从某个角度来说已经完成受托工作的今日子小姐而言，会把对案子的见解讲得事不关己，或许也只是刚好而已。

不过，语气虽然轻描淡写，见解本身却很犀利，远浅警部认为这是很有思考的价值的。假设自己是凶手，再怎么样也不会挑一间正在做生意的店来杀人。

目击者太多了。

就算不确定隔壁的试衣间有没有人，但是在走进试衣间之前，纵使不想去看也必然会看到店里有多少人——即使那不是一间人挤人的店，今天毕竟是假日，上门的人数还是多到让警方光是侦讯也感觉很吃力。

不，不只是目击者。

这并不是传统推理小说的舞台——店里设置了很多监视器，在营业时间当然是全机运作，监视着店面各个角落——因为算是高档店，这方面的防盗设施想必是万全的。

因为这些监视器并非针孔摄影机，只要稍微把视线往上移，其存在就必然映入眼帘——人类的证词或许会有“看错”或“误会”，但是机械可就不会这样了。当然，接下来还得分析影片才能判断，但是基本上，必须将监视器拍到的画面视为绝对才行。

“说起来，最近的监视器，都设计得很好看呢。”

今日子小姐说了这么一句有些矛盾的话——单就远浅警部所见，不认为那是“最近的监视器”（甚至看起来比较像旧型的），但马上就联想到这应该就是忘却侦探的局限吧。

因为记忆无法更新，“最近”的定义便逐渐背离现实。事先做好功课——像今天的时尚用语——还足以应付，但没有预习到的，她就一无所知。

远浅警部没有义务帮她打圆场，但毕竟请对方协助调查，所以还是委婉地为今日子小姐解说这方面的知识。

“那是可以用 Wi-Fi 管理影像的无线广角监视器，一般称为网络监视器。将影像保存在云端，据说是由店长用办公室的计算机进行管理——因此，我想很难去对影像动手脚。”

“歪……败？云……端？”

今日子小姐微侧螓首，活像听到什么外星语言——云端也就算了，但 Wi-Fi 也已经是流传已久的名词，今日子小姐的记忆到底是从何时就没有再更新——远浅警部原本以为顶多就是少了几年罢了，但看来或许是十年、十五年也说不定。

或是所有记忆都不见了……

远浅警部虽然这么想，但实在不好问得那么深入，于是仅止于对“Wi-Fi”和“云端”做说明。

“哇……真是高科技呢！”

今日子小姐似乎很开心，面露佩服地频频点头。

看来像是因为吸收到新知识而高兴得不得了——也对，侦探这种职业如果欠缺这样的好奇心，就无法成立了吧。虽然对今日子小姐来说，不管吸收多少知识——不管远浅警部教了她什么——等到明天还是会忘记。

“原来如此，原来如此……不过，监视器也不是绝对的吧，无论如何都会产生死角。”

“嗯，是这样没错。”

严格说来，要把监视器设置到几乎零死角也不是不可能——只是如果那样做，天花板大概会满满都是监视器。

实在不太好看。

在那种环境一定里静不下心来，不可能愉快地购物。

“没错，这方面的拿捏还真有点难度呢。要是防盗措施做得过于滴水不漏，看在普通的客人眼里，会感觉被人怀疑自己是要来做坏事，想必不会太开心吧。”

“是的。而且如果将防盗措施做得太明显，反而会让人感觉来到不太安全的地方。”

远浅警部说道——不只是监视器的设置，他认为所有防治犯罪的措施或规定都是如此。

“以这个角度来看，那家店的监视器数量还在常识范围内。一部分也是他们为了防止遭窃，已经采用防盗扣对商品进行妥善的管理。”

“防盗扣吗？”

她重复了一次这个词——她该不会连防盗扣也不知道吧——这是远浅警部多虑了，今日子小姐是知道的。

“然而，不管是监视器还是防盗扣，都没能防止命案发生呢。”

的确，防盗措施是有其极限的。人在一时冲动之下犯的罪——

或是认为“就算被捕也无所谓”的人所犯的罪是无法预防的。假设这是一开始就考虑会被捕而犯下的罪行，警察这工作还真是空虚——当然，还不见得是那样，所以绝不能掉以轻心。

“只是，单就目击证词及监视器的画面来说，总觉得这次的犯案手法不太对劲也是事实——姑且先不论试衣间的密室，这么说来，众人的目光似乎也构成了密室。”

“密室……是吗？”

为了让对话进行下去，想简明叙述反而说漏嘴，被今日子小姐抓到关键词了——糟糕，不该对侦探这么说的。

在这种情况下，今日子小姐会重复这个词，当然不是因为不懂这个词的意思。

密室什么的，只会出现在推理小说里——这其实只是先入为主的观念，“密室”总是以各式各样的形态存在于现实之中。至于它们是否仍会被称为“密室”，则又另当别论了。

由于“密室杀人案”这个词汇多少感觉带有某种娱乐性，套用在现实世界里实在有些不妥当——一个搞不好，可能会给人你是在看好戏的印象。

如果是侦探讲的就算了，这可不是刑警该用的词汇——还扯到“由众人目光构成的密室”什么的，居然妄自扩大密室的解释，真是惨不忍睹。

远浅警部从平常就特别小心要把兴趣和工作分开，但是在陌生的餐厅气氛之下——或者是因为和女性单独用餐的情况之下——实在过于紧张，不自觉地就脱口而出这样的话。

“啊，呃，抱歉……我绝不是在耍宝。”

“没关系的。如你所说，的确是密室呢——远浅警部该不会是那种因为是推理小说的忠实读者，才立志要当刑警的人吧？”

被说中了。

只是不小心说出“密室”这个词，没想到会连这都被看穿，或许这就是专业侦探的本事。当然可能不是光靠这么一个词，而是从远浅警部截至目前的一举一动、一言一行，甚至是从只字词组之中找到线索的也说不定。

要否定也很简单，只要说声“不是这样的”就好了，但因为显然慌了手脚，远浅警部一时答不上来——被人这么问时，一旦没有马上回答，几乎就与默认无异。

“呵呵。”

今日子小姐笑了。这反应让远浅警部感觉受到取笑，面露不悦。

“真令人羡慕，能有个像样的理由，解释自己为什么投身工作。”

今日子小姐接着说。

“因为我已经忘记自己为什么要当侦探了——真的很羡慕你有一个可以明确对人言的就职动机。我也好想那么说，说我因为热爱推理小说、崇拜名侦探，所以才从事这份工作。”

“嗯？”

不太懂她这句话想说什么，总之似乎并没有嘲笑他的意思。然而远浅警部仍不觉得“因为喜欢看推理小说”算得上“像样的理由”。

“话可不是这么说。在棒球与足球的世界里，不就有很多人是因为崇拜漫画里的主人翁，最后才成为职业选手的吗？没道理警察或侦探就不能基于同样的理由呀。”

今日子小姐不容置疑地说。

虽然觉得这种理论有些过于牵强，但这些话多少也减轻了长久以来，一直盘踞在远浅警部内心的矛盾情绪。

或许因为不是别人，而是侦探——而且是被称为名侦探的侦探这样说，才有这样的效果。

话虽如此，但今日子小姐显然不是为了鼓励远浅警部才说这种话的。

“那么，把话题转回密室吧。”

她似乎干劲十足，挽起袖子说。

“没有法律规定不能因为向往推理小说而成为警察或侦探，但法律规定杀人是不能被容许的行为——现阶段还无法断定这案子有多少是计划性，又有多大比例是一时冲动，总之形成了一个奇妙的密室是牢不可破的事实。为了戳破这牢不可破的事实，让我们来进行讨论吧。”

或许帮不上什么忙，还请让我协助整理一下状况——今日子小姐说着，把挽起袖子的左手臂咚地一声放上桌，宛如准备要抽血般，内侧朝上。

即使在灯光昏暗的店内，她那雪白的肌肤仍是白皙耀眼——对于中年男性而言，有点太刺激了。

一连串的举动令远浅警部满头雾水，不知道她想做什么。

“请借我一支笔。”

今日子小姐很自然地将右手伸过来，抽走远浅警部插在胸前口袋里的圆珠笔，灵活地用单手打开笔帽。

“开店时间是早上十点。”

她在裸露出的左臂靠近手腕的地方，画上一条线。

“发现尸体的时间是十二点——”

接着又在手肘附近，画上一条同样的线。

“问题在于这段期间究竟发生了什么事，对吧？”

“啊，是，是的……”

看样子，她不是为了显示自己充满干劲才挽起袖子，而是要把自己的手臂看作是时间表……不，不是“看作是”，而是真的写上了时间。居然把白皙耀眼的雪白肌肤当成笔记本，真是太糟蹋了。

还有很多方法不是吗？像是向服务生要张纸，或是写在餐巾纸上——更何况，远浅警部身上就带着笔记本。

或许是因为标榜着绝对贯彻保密义务，所以她才故意将机密事项写在之后非得擦掉不可的身体上，作为情报管理的一环。

“总而言之，先试着全面采信目击证词和监视器的画面吧，远浅警部。可能有人看错或误会，或许也有人说谎，但总之先全面采信看看。”

“嗯……但是先不管看错或误会，说谎是怎么回事？难不成，今日子小姐认为凶手就在我们侦讯的那群人里吗？”

“我可不推理，那可不是我这次的工作——凶手或许就在那群人里，也或许不在那群人里。只是有些人即使不是凶手，也会作伪证。”

“不是凶手，也会作伪证……是因为跟凶手认识，所以想包庇吗……就算达不到这地步，至少也是不想积极作证，你是指这种情况吗？”

对于今日子小姐死都不肯跨过侦探与顾问那条界线，远浅警部虽是暗自感到着急，但也只能这样旁敲侧击，看看她的反应。

“也有人只是单纯不想惹麻烦吧。但毕竟是杀人命案，不想轻易作证以免招来杀人犯的怨恨，也是人之常情。”

“这倒也没错……”

发现尸体时人在店里，却在警方赶到前离开的客人，大概就是这种类型吧……和爱看热闹，还用手机拍下尸体照片的客人比起来，到底哪种人比较有良心呢？远浅警部无从判断。

“或许有人会说自己没看过明明看到的东西，也或许有人会说自己看过明明没看到的东西——把这些可能全部考虑进去，试着来验证讨论看看吧。虽然小王子说‘真正重要的东西，是用眼睛看不到的’，但是肉眼看得到的东西其实也同样重要才是——谁看过什么？让我们来好好整理一下证词。”

“呃……肉眼看得到的东西也很重要……是吗？”

一句理所当然的话，被她这么轻描淡写地一说，却好像大有深意。

“先试着信任所有人的证词，如果结论有矛盾，就表示有人在说谎。”

“这就是反证法呢。”今日子小姐说道。

透过信任来找出谎言……感觉是一种“绕了大一圈还是回到性格真够差”的思考模式。绝不是一种可以笑容行使的手段。

“是有人在说谎——还是有人骗了所有人呢？”

或许她只是在一一举出所有的可能性，但远浅警部仍然觉得“有人骗了所有人”这个假设应该是不可能的。

要是能在那个当下欺骗店里所有的人，让大家都在不知情的情况之下作出伪证什么的，不就正是推理小说里那种独树一格的大犯罪家吗？

既有侦探，又有密室。

可是没有大犯罪家——这应该才是现实。

“是呀，确实如此。我这个忘却侦探也不记得曾经遇到过会玩弄这么大规模诡计的凶手——或许也只是我忘记了。”

穿插着类似小玩笑的台词，今日子小姐开始验证。

“死者屋根井小姐在上午十一点走进店里——这时有目击证人，入口的监视器也拍到她上门的背影。”

今日子小姐边说边把命案的梗概流利地往自己的手臂上写——在手腕和手肘的正中央写下了“屋根井小姐上门”。虽然是写在柔软的人体上，她的字迹倒是非常秀丽。

“然后在店里逛了一圈，屋根井小姐拿了几件衣服，走向试衣间，接着便进了试衣间。这时也有目击证人看到她。也难怪，听说她的打扮相当引人注目，应该很容易让人留下印象吧。”

要说是引人注目的打扮——倒也没错。

今日子小姐并没有目睹被害人的遗体，但就远浅警部的第一印象看来，讲得直接一点，与其要说是“引人注目的打扮”，倒不如说是“惹人侧目的打扮”。原本他还以为是因为自己没品位，看不出对方打扮哪里好看，既然今日子小姐都这么说了，自己的印象似乎也没错。

“可是，她穿的也全部是‘Nashorn’的衣服呢。”

“嗯，这么说来，的确有人提到她是常客……”

跟今日子小姐买的衣服感觉差很多——难道是穿着品位的差别吗?

“屋根井小姐进入试衣间以后，就再也没有出来了。直到被发现为止，她都一直待在试衣间里头。没人知道里头发生什么事，也没人听见任何尖叫或争吵的声音。”

“是啊。”

用木制的钝器敲人的头，应该不会发出响彻四周的声音吧……夹杂在店内播放的背景音乐里，就算隐约听见，也不会想到竟然是杀人的声音。

如果有人在隔壁的试衣间还另当别论，但是并没有这样的证人——就算有，发现尸体时也已经离开这家店了吧。或者只是不想受到波及而不肯作证——不管这些，总之现在先当所有人的证词都是真的。

以“谁都没说谎”为前提。

“当然，也没有人目击到从试衣间逃走的凶手。”

今日子小姐强调——感觉她写在手臂上的文字笔画也比较粗。

换个角度想，这才是最不可思议的地方。

不管是在光天化日之下——在有目击者又有监视器的店内杀人，或是在狭小的试衣间杀人，都很不可思议，换作一般人肯定不会这么做，但也不能说绝对没有人会这么做。

不是每个人都会一直选择最佳解——或许会因为一时冲动，抑或有所误会，才会犯下些不合理、乱七八糟的粗心错误。

尽管犯下这么多错误，凶手却还是成功逃走了——这完全不合理。

而且不只是没人目击到凶手逃走的身影，在那之前，也没有人目击到凶手入侵试衣间时的身影。

“的确。关于这点，凶手可能打从一开始就躲在被害人走进的那间试衣间里头——就是先埋伏在那儿。”

今日子小姐说是这么说，但显然不是认真的——世上哪有这么粗心的被害人，会毫无戒心地走进有人埋伏的试衣间？况且里头根本没有可以藏身的地方，埋伏在哪都是一览无遗。

“如果是没有隔间隔到天花板的那种试衣间，或许还可以从隔壁的试衣间翻墙进去，或是翻出去逃跑也说不定……”

但远浅警部也不认为凶手会采取这种反而更显眼的行为就是了。而且不管怎样，“Nashorn”的试衣间隔间是隔到天花板的。虽说不是太复杂的构造，一旦有心破坏也只要一些工具就能拆解，但是要搞到这样，不如自然一点拉开帘子进出还比较不引人注意。

用常理来思考，应该看作是凶手算准四下无人的时机溜进试衣间里，再溜出来。

“说得也是——毕竟不能把监视器镜头对准试衣间，说那里是死角还真是死角。试衣间内部当然不用说，附近的天花板上也没装监视器。”

换句话说，那个区域只能仰赖人们的目击证词——就这个意思来说，要入侵或许也不是不可能。

只要先确认不会被任何人看见，再溜进试衣间里即可。不过就算是这样，毕竟地点是试衣间，被害人还在里头换衣服，在用衣架殴打她之前——拉开帘子的那一瞬间，被害人就会尖叫了。只是如果把尖叫问题先放一边，单就“没有被人看见”这点来看，入侵或许还是有可能的。

然而，就算可以入侵，又要怎么出去呢？

虽说并不是密闭，但密室还是密室。

不拉开帘子就不知道外面的状况——因为是从外面看不见有人在里头换衣服的设计，同样地，从里头也看不见外面。

换句话说，从帘子内侧无从判断外面有没有人往这边看——从试衣间里无法掌握出来的时候不会被目击到的时机。如果就在此时，哪个店员觉得这个客人换衣服怎么换那么久，拉开帘子——

“没想太多——总之不管三七二十一走出来的时候刚好没有人看见——应该是比较实际的解释吧。”

今日子小姐说了个真是相当实际的解释。

即便没有身负侦探职务，也讲得实际到让人难以置信。不过，世上的确有这种运气特别好的凶手也是事实。

所谓的完美犯罪，或许就是这样成立的——拟订拐弯抹角的计划，卖弄各式各样的知识，反而会留下痕迹，让人容易调查或推理出来。

容易摸索出思路，就容易编故事——或许像这种乍看之下乱七八糟，感觉充满矛盾的犯案手法，才让警方无计可施。

“因为由视线所构成的密室，破绽也很多吧。只要能巧妙地钻过死角，或许就能在不让任何人看到的状况之下行凶，然后逃走。”

“可是今日子小姐，如果凶手已经逃走，应该会被入口的监视器拍到吧？或许很难锁定是谁，但要是把范围缩小到‘十一点以后离开那家店的人物’，人数就有限了……”

“这也难说。成功逃出试衣间的凶手，也不一定非得逃到店外。混进客人里或许还比较安全……另一方面，如果凶手是服饰店的员工，因为还在上班，也不能离开吧。”

都杀了个人了还上什么班……远浅警部并不认为会有这么热爱工作的员工。从“没想太多就杀人”的凶手形象来推量，应该会不管监视器，惊慌失措地逃走才是。不过，也不能断定凶手绝对不会因为就是没想太多，于是呆呆地留在现场的可能性。毕竟人在陷入六神无主的时候，很容易做出莫名其妙的事。

“信任容纳所有人的证词，看来似乎也没有矛盾。以故事来说，或许有些不合理，但是并没有发生理论上不可能的事。”

今日子小姐陈述结论。

不过，一开始就知道结论会如此。如果有浅显易懂的矛盾和显而易见的错误，远浅警部就不需要这么烦恼了。硬是要说的话全都说得通——这让他感觉很不舒服。

“要说的话，可以躲过那么多人的视线和监视器镜头是很不自然的……但是既然两者都有死角，也并非不可能碰巧给凶手溜出去就是了。”

“……也就是说，按照今日子小姐的推理，凶手并未特地针对这一点玩弄诡计吗？”

“诡计”这两个字，从警察口中说出来多少有些轻率，但远浅警部现在已经丝毫不以为耻了。只可惜，得到的却是——

“不不不，我不是早说过我不推理吗。”

顽固到令人沮丧的回答。

“这只是一般论——我是故意让思考停止不去想。因为想太多的话，就会忍不住想说出来呢。口译人员要是擅自加入自己的解释，翻译起来反而会变得无法沟通吧？”

她说的一点都没错。

不过，远浅警部是在看外国电影的时候，会去欣赏翻译字幕技巧性的简化增补，享受译者独特诠释的人，所以就算不是直译，如果能听到今日子小姐的诠释也无妨……

“这种一毛钱也赚不到的……哦不，身为社会人，绝对不能做出这种妨碍别人工作的举动。”

“呃……”

“那么，就让我们试着检视每个人的证词吧。死者屋根井小姐——虽然是常客，但似乎是个风评不太好的客人呢。”

今日子小姐讲得颇委婉，但她显然也同意这一点——认识屋根井刺子的“Nashorn”员工虽然不至于明目张胆地说常客——而且还是死者——的坏话，但是从他们的遣词用字——不用透过翻译，远浅警部也感觉得出来。

虽然是常客，但不是贵客。

“她会死皮赖脸地杀价，对商品也常抱怨、胡乱退货……嗯，不过客人也是人嘛。”

今日子小姐说得语重心长。身为运作一家事务所的经营者，或许也有些同感吧。远浅警部联想到署长对置手纸侦探事务所提出的无理要求，身为组织的一员，只能低头致歉——想必忘却侦探应该不会一一记得，但是就算不记得，或许会留下感觉也说不定。即使记忆每天都会重置，或许体验仍会留在某个角落——这还是很有可能的。

因为经常被揶揄是领税金的公仆，所以远浅警部也很明白这种不告诉自己“客人是上帝”就干不下去的感觉。

今日子小姐边写字边说：“虽说有点讨人厌，但也不是过分到会让人欲除之而后快的客人……是不是有什么非置她于死地不可的理由呢？”

她把死者的相关信息写进时间表上空着的地方，名为手臂的白板几乎已经快被填满了。

“非置她于死地不可的理由……吗？”

也就是所谓的动机吧。人有时是会由于一些做梦也想不到的零碎理由而被杀，因此就算再怎么深入追究动机，或许也毫无意义。

有人因为是坏人才被杀，也有人因为是好人才被杀——无法一概而论。或许，也有人是因为“无法一概而论”而被杀的吧。

更何况，光凭在短短几小时之内、从有限的询问对象口中听来的话，就要给其人格或个性下评断，被害人屋根井刺子也会死不瞑目吧。

当然，远浅警部的部下们目前正在过滤被害人在家庭及职场上的人际关系——想到这里，如今正和今日子小姐优雅地共进晚餐的自己，感觉好像没在认真工作，着实有些心虚愧疚。但是这也让他重新体会到，自己终究是把这次会谈视为工作的一环，所以一定要从其中挖掘出成果。

“或许也可能是毫无动机的杀人，也或许原本并没有杀害对方的意思，但结果对方却死了的状况。”

今日子小姐继续举出可能性。

“的确……可能是杀错人吗？”

远浅警部也顺势提出就连自己也觉得不太可能的假设——今日子小姐回了声“杀错人是吗”之后，接着说。

“以为她是另一个人，失手错杀——原来如此，或许也有可能。”

“真……真的有可能吗？都要杀人了，还搞错对象……”

“很有可能吧。根据证词，被害人似乎戴着很大的平光眼镜——要是在情绪焦急之时看到，说不定认不太出对方是谁。”

今日子小姐摸摸自己的眼镜。

“毕竟要杀人的时候，任谁都会紧张吧。在赌上人生的时刻，人们意外地还挺容易会犯下令人跌破眼镜的错误。”

今日子小姐就像是站在杀人犯立场似的发言。这对于身为警察的远浅警部来说是很难办到的——可以说是民间侦探的独门绝活。

然而在不容许失败之时，的确不容易保持冷静与理性吧——但是被错杀的人又情何以堪。

“可是，今日子小姐。无论有什么样的动机，还是不会想在光天化日下的商店里杀人吧。”

话题又绕回原点，但这里确实是最大的瓶颈——如果是趁她一个人走夜路时下手之类，这种临时起意的犯罪行为还比较容易理解。

“尤其是，如果因为屋根井是令人伤脑筋的常客才要杀害她——也就是假设凶手是店里的员工，整个过程就更不对劲了。在自己的职场、自己的地盘策划进行杀人什么的，稍微有点脑子的人通常都不会想这么做吧。”

等于是要人快来怀疑自己。

就算不看这一点，只针对更单纯的得失，在很重视品牌形象的服饰店里有人被杀，可能会吓得客人不敢再上门。抑或是“好像有人在那家店的试衣间里被人用衣架打死了”的风声流传开来（一定会流传开来吧），最糟的情况可是会让一家店倒闭的。

即使不到那个地步，自己的职场成了命案现场，心里还是会害怕的吧。

有百害而无一利。

若说在自己的地盘上动手杀人有什么好处——再牵强也姑且先往这个方向想一下的话——大概就是身在熟悉的地方，要大干一场之时，紧张也多少会缓和一点吧。

只是，凭远浅警部的感觉，比起这个，仍然觉得“凶手一时冲动，没想太多——没去思考利弊得失或好坏就打死被害人”的推想，比较容易接受。

“假设在熟悉的地方犯罪，还有其他好处的话……”

今日子小姐将盖好笔帽的笔递了过来——似乎是能写出来的情报都已经写下了。的确，几乎是把今天收集到的情报都复习了一遍了——远浅警部接过笔，插回胸前的口袋里。

“应该是‘可以绵密地进行事前准备’吧。像是设计机关、执行前置作业——能够事先布下为了杀死被害人的天罗地网。”

“机关吗……密室诡计……”

不过，关于这起命案，实在很难想象背后有此类工程浩大的机关。

结果还是卡在有太多目击者上。

要是有那么大的动作，绝对会被人看见吧……要避开众人的眼睛和天花板上的监视器，实际上应该是不可能的。要推说一切都是凑巧，感觉也怪怪的，但要说是计划性的犯案，又实在不合理——

小王子曾说过“真正重要的东西，用眼睛看不到的”，但今日子小姐却说“用眼睛看得到的东西其实也同样重要”。那么如果要举一反三地引申出“重要的东西之第三法则”，或许可以说是“即使是不重要的东西，也有用眼睛看不到的”吧？唉，真希望有人看到卑劣凶手的身影……

“即使是不重要的东西，也有用眼睛看不到的——真是一句至理名言。的确，人很容易在关键的时刻，忽略关键的东西。”

今日子小姐在奇怪的点上感动不已。

“说来，《小王子》一开头也有密室呢。钻进箱子里的羊——”

“啊……这么说来。”

虽然嘴里说着“这么说来”，但远浅警部无法打从心底同意。应该说，如果将那个也解释为密室，真的是推理脑已经病入膏肓。

“箱子里的羊……就像是‘薛定谔的猫’呢。”

为了不让今日子小姐察觉他有些退避三舍，远浅警部随口附和——薛定谔的猫至少比小王子更贴近推理的世界。

“啊哈哈，万一羊在箱子死掉了，小王子可是会哭的呢……啊！”

这时。

远浅警部以为今日子小姐原本只是被随口说说的闲聊逗笑了，但她却突然发出“啊”的一声，掩住嘴角，连餐后意式浓缩咖啡的小咖啡杯都手滑没拿稳，一整个明显是“想通了什么”的反应。

“怎，怎么了，今日子小姐？”

“没什么。”

“你这可不是没什么的反应。”

“可是真的没什么。”

今日子小姐边说边重新拿起意式浓缩咖啡品尝——远浅警部还是第一次看到喝双倍意式浓缩咖啡还不加糖、不加奶的人——但这不是重点。

“呃……今日子小姐。如果你察觉到什么……”

“我什么也没察觉，什么也没想通，什么也没推理出来。我没有解开这件事的谜团，所有的疑问和不对劲的感觉也都没有消失。”

说得斩钉截铁。

由于说得过于斩钉截铁，导致一点可信度也没有——反而让人觉得不可思议，她怎能说谎说得这么堂而皇之。

“谜，谜团解开了吗？”

“就说没解开啊。我什么都不知道，时间差不多了，我们走吧。今天谢谢你的招待，餐点非常美味。我由衷期待远浅警部今后的活跃表现。”

今日子小姐使劲地用餐巾纸把好不容易写好的时间表擦得干干净净，再把挽起来的袖子放下，迅速地……或该说是露骨地想要结束这顿饭局——怎能让她就这样打道回府。

看样子，她只打算贯彻好时尚知识顾问的角色，但远浅警部无心的发言却给了她灵感，使她不小心推理出真相来了——如果是在推理小说里，这可正是侦探与警部最为理想的关系，但是对于身为职业侦探，专业意识甚高的今日子小姐来说，似乎是非常不得已的展开。

只是，倘若她已经察觉事情的真相，站在远浅警部的立场，当然不能不问清楚。

这可不是在开推理大会。

他还没有忘记自己的本分。

如果今日子小姐已经察觉了真相，就应该请她快点告诉自己，好采取适当的对策——什么密室之谜、不可思议的疑案，不管这些推理小说的用语看起来有多威风，在“任杀人犯逍遥法外”这个事实面前，这些字词都是软弱无力的。

“嗯……真伤脑筋，我是怎么搞的。”

今日子小姐抱着胳膊，露出真的非常烦恼的表情。

“很遗憾我无法帮上你的忙。因为这次只有受托口译的顾问业务，就算察觉真相，也不能讲给你听呢。”

她虽然讲得一脸抱歉，但言下之意就像是“如果不投钱，自动贩卖机就不会动哦”这样没有感情的说明——怎么这么顽固啊。

不过，以恪守专业意识这点来说，应该要尊敬她吧。

那么，一开始还想把上头派来当援军的今日子小姐遣返的远浅警部，这时或许也该选择坚持靠自己的本事解决，目送侦探离去才是——要说这展开不得已，他也是很无奈。

如果不是今日子小姐，他应该会这么做——但是。

“呃，接下来要不要去第二家店？有家酒吧可以静下来好好聊的。”

远浅警部说道。他才不知道哪里有酒吧可以静下来好好聊（大概又要欠部下一个人情了），而他这辈子也还不曾这么积极地约过一个女人。

“嗯……我个人倒是比较想直接去警署领取酬劳，然后赶快回家上床睡觉，把不小心推理出的真相全忘掉。”

怎么能让她把不小心推理出的真相全忘掉。

问题是——是呀，忘却侦探还真的能够全忘掉。

能够把推理出的结论、对凶手的侧写全都忘得一干二净，当这件事没发生过——到了明天早上就会全忘掉。要是不在今天晚上问出来，她的推理就会化为乌有。

“不过嘛，我对这样被人强邀不太有抵抗力呢。好吧，我陪你去。但是——我只会给一些提示。可以的话，还请你根据提示，自己推理看看吧。”

“提示……吗？”

“是的，我会给你提示。从只要听过所有人讲的话，就一定知道的情报之中给你提示——提示 1，的确有很多人目击应该是在十一点左右上门的被害人屋根井小姐，但是把证词整理一下，会发现目击者都是上门购物的客人。这是为什么呢？提示 2，由于屋根井小姐迟迟不从试衣间里出来，店员觉得有异，于是拉开帘子发现了尸体——可是那个店员，又是从何判断屋根井小姐一直待在试衣间里呢？提示 3，试衣间是个密室，无法从外面看到里头——可是，能因此确定从里头也一定看不见外面吗？”

“嗯……”

由于今日子小姐口若悬河滔滔不绝，远浅警部一下没能抓住三个提示重点，连忙扳着手指确认。

提示1。

目击证词的奇妙倾向——目击屋根井刺子的都是前来购物的客人。

提示2。

第一发现者为什么会察觉到试衣间里有异常呢？

提示3。

从试衣间里头看不见外面——是真的吗？

关于提示1，要是今日子小姐没提，远浅警部真的没有注意到。仔细回想起来，的确如她所说——虽然在列表清查透过侦讯得到的所有目击证词之前，尚且无法完全断定——但既然侦讯时负责口译的侦探这么说，大概就是这样没错吧。

可是关于提示2和提示3，他觉得这两点应该已经有结论了——店员之所以会察觉到异常，是因为进入试衣间的屋根井刺子迟迟不出来。然后，因为从外面看不见里头，所以当然从里头也看不到外面啊。

事情应该就只是这样而已。

别说是命案的谜团，远浅警部就连提示的意思也搞不懂，他原本还期待会有第四个提示，但似乎是到此为止。

“那我们走吧。”今日子小姐起身准备离席。“请你基于这几个提示好好想一想——最好能够在抵达第二家店之前解答出来——这样我们就可以在店里一面畅谈推理，一面愉快地畅饮美酒。”

今日子小姐笑着说，但是很遗憾，远浅警部完全无法回应她的期待。

5

高调的酒吧价位也很高调。

部下不知误会了什么，表现机灵的方式让人有些困扰——刚才那家意大利餐厅的账单已经贵到害远浅警部的眼珠子都快要掉出来了，而这家酒吧明明是间酒吧，价位却似乎比晚餐还要高。

大概不能用经费报销吧。

看样子，必须自掏腰包了——有种比刚才还要走错地方的感觉，但是他已经不在乎了。

今日子小姐身上那套“Nashorn”品牌穿搭，虽然不是非常符合这家店的洒脱气氛，但她显然完全没把这种小事放心上。

“哇，好可爱的店哦。”

兴致高昂地像个普通的小女生。

这侦探长得是很可爱没错，但说不定其实只是个可怕的小恶魔——老实说一直以来，远浅警部对于多次与忘却侦探共事，乃至升官发达的同事感到不快，纵使无心，也多少在眼神中流露出轻蔑，可是现在看来，自己不得不改变这种浅薄的想法。

一想到他们到底为了忘却侦探被迫出了多少交际费，甚至还让他感到怜悯——不管怎样，事到如今，远浅警部也成了一丘之貉。

来这家店的路上，他一直在等灵感降临，但是等到花儿都谢了，灵感之神还是不肯上身。虽然早已心中有数——今日子小姐和自己的思考模式到底是完全不一样的。

她的提示完全派不上用场。

不，只有提示 1，远浅警部似乎知道今日子小姐是在暗示些什么——目击到被害人的全是客人，反过来说，等于是没有“Nashorn”员工看到她来店里的身影。

这的确很奇怪。

当然也可能会有这样的事——但是平心而论，会对客人行注目礼的，不该是同为顾客的客人，而是店员才对。毕竟是服饰专卖店，店员总得出声招呼“欢迎光临”或是会走上前去推荐衣服，应该会有诸如此类的交流。

话说回来，因为被害人屋根井刺子是“伤脑筋的客人”，店员可能避之唯恐不及，再说得露骨一点，可能还会对她视若无睹……然而，要是那样的话，在对她视若无睹以前，应该也会先目击到她。要对一个人视若无睹，倒推回去，就必须先看到那个人才行。

被害人既是常客，也是某方面令人印象深刻的客人，工作人员却都没看到她——这是为什么呢——的确是个大问号。

只不过，远浅警部就是想不明白这个大问号代表什么意思。

至于提示 2、提示 3 则更是全面举白旗投降。主打年轻女性客的服饰店的试衣间里，有着中年男子参不透的未知机关——他只能想到这种结论。

事实上，直到请今日子小姐翻译以前，有很多时尚用语都是远浅警部听都没听过的——例如为了不让脸上彩妆沾到衣服的那张谜样的纸。若非负责这个案子，他大概一辈子都不会知道世上有这东西吧。

“今日子小姐，我认输了，举双手投降。我只是用来衬托你的警部，请务必让我听听名侦探的高见。”

是价位高到吓死人的酒精害他醉了吗？最后远浅警部还是说出了如此卑躬屈膝的投降宣言。

“哎呀呀。”今日子小姐表情一脸意外地说，“请再坚持一下嘛。我最喜欢一边喝着美酒，一边看着男人拼死努力了。”

也太小恶魔了。

“真伤脑筋呢。你请我吃饭，又请我喝酒，我真的真的很想助远浅警部一臂之力，但又不能不收钱做白工……啊，真是的，为什么我没收钱呢？我从未因为没收钱而这么后悔过。真的，要是能收到钱的话多好！我明明这么想协助警方，却无法实现这个愿望。”

“我懂了，我付钱就是了。请让我正式支付委托费用，在原本的顾问费用之外再另行计算。这是我个人的委托。”

在速度最快的侦探声声催促之下，远浅警部终于屈服了——这让他甚至怀疑，说不定署长早就知道事情会变成这样。

但无论这是不是署长的阴谋，他也只能将计就计了。

警部想与侦探抗衡的心态，总不能凌驾在让杀人凶手逍遥法外的危机感之上。

因为密室杀人案可不是娱乐。

请她吃饭、喝酒，支付委托费用，全部加起来可能得让他勒紧裤带一整年，但是这么一来坚持自费而不以经费报销，则成了远浅警部唯一能做的最后抵抗。

只是，明明提出了正式的委托——明明已经答应会在口译工作之外再支付酬劳给她，今日子小姐却没什么反应。

受限于店里的气氛，固然能想象她应该不至于高兴到手舞足蹈，但是面对远浅警部的委托，今日子小姐看来还有些困扰。

“嗯……”

甚至还像陷入沉思般地闭上双眼。

该不会是远浅警部猜错，今日子小姐并不是要他提出委托吗？期待远浅警部自己推理的那番话，难道是说真的吗？

刚刚为了捍卫自己的心灵而以插科打诨的方式、卑躬屈膝的言词委托她——是否应该要正襟危坐、低垂颈项地委托才对呢——远浅警部想着，而今日子小姐也似乎察觉到他心中所想。

“啊，不是，不是那样的。”她摇摇手。“因为我的推理不过是灵光一闪，只是这道灵光刚好闪得比远浅警部更早而已。承蒙你的委托，我真的很高兴能为警方贡献一己之力。可是，该说我有点烦恼吗？会对于说明我的推理有些不太积极，其实是我自己的问题，但……算了，总不能让杀人凶手逍遥法外。”

“而且又是工作。”今日子小姐说道。

虽然没有明说，但是这样感觉体会到远浅警部心意的说法，让他深感欣慰——不过那句“我自己的问题”，则让他很好奇。

会让侦探对说明她的推理踌躇再三的问题，到底是什么呢——最先浮现脑海的是她“和凶手认识”之类，但是对于忘却侦探而言，应该没有“认识的人”这种概念。

因为就算今天认识，明天就忘记。

纵使在今天侦讯的那些目击者之中，有人以前曾经和今日子小姐有过关联，今日子小姐也已经忘了那个人吧——所以应该没有会让她对于指出凶手感到犹豫的理由。如果是这样的话，还有什么其他“自己的问题”呢……

“那么，既然决定要做，就用最快的速度搞定。夜已深，又喝了酒，我已经有点困了，得趁着还没忘记浮现脑海的推理时，开始解谜。”

进入侦探模式的掟上今日子，用与刚才截然不同的严肃表情——怎么可能，她还是用跟先前同样，温婉而没什么变化的温吞氛围，切入正题。

“首先，关于密室。”

6

“首先，关于密室——让我们试着分析一下这个案子里的是属于哪种密室吧。远浅警部也在看推理小说的话，我想你已经看过各式各样的密室讲义了，但是今天就先听一下我的解释吧。”

今日子小姐如是说，又挽起袖子——似乎又要把自己的手臂当白板了。她默默接过远浅警部递过去的圆珠笔，开始写板书——真的像是在上课。

“首先以最现实……也是最一般的密室来说。定义①‘用来隐匿命案存在的密室’。只要把尸体放到谁也进不去、出不来的密室里，命案就不会曝光——自己也就安全了——基于这种想法而制造的密室。另外还有同类不同型的情况，例如‘总之就是不想面对杀了人的现实、不想看见尸体，想把尸体藏在自己伸手不及的地方，结果就形成了密室’也算是这一类。”

他完全同意。

不仅如此，远浅警部一开始也以为这次的命案是属于这种“最常见的密室”。然而——

“没错。用试衣间作为密室来藏尸体，其实没什么意义吧。因为顶多也只能藏个几小时——称不上是为了隐匿罪证所制造的密室呢。”

今日子小姐说完，画了两条线画掉用小字写在手腕处的①‘用来隐匿命案存在的密室’——接着在其下方继续写上②。

“②‘偶然成立的密室’。并非凶手有意制造，而是偶然的要素碰巧全都凑在一起，让案发现场‘看起来’像是密室的例子。”

毫无计划性的类型吗?

光是听“偶然成立”这几个字，总让人觉得机率很渺茫，但若要说第二种密室比较符合现实，却也是如此——基本上，在不是推理小说的现实世界里，没几个凶手有闲工夫特地去搞一个密室。

截至目前的讨论，应该要认为这次是遇到定义②的密室吧——

“没错。可是呀，这次的命案若视之为偶然，会让人觉得过度巧合也是事实。因此，姑且先保留这个定义，进入下一步。”

今日子小姐在②‘偶然成立的密室’下面写了个③——从剩下的空间来反推，大概会有五六个定义。

“定义③‘让死者看起来像是自杀的密室’。在排除了真实感的推理小说世界里，这可以说是最常见的密室吧。”

“嗯，也是。借由排除其他选项，得到‘除了自杀以外别无可能’的结论……为此而生的密室，在推理小说的世界里真的不胜枚举。”

应该说，这是为了让“密室”这个关键词留在推理小说里的一种策略。如此就能多少制造出“是为密室的必然性”之类的展开……即使是荒唐无稽的密室，这么一来也会产生说服力了。

“只是，今日子小姐。先不管现实中有没有凶手会为此大费周章，但单就这次的命案来看，应该不符合这项定义吧？我不认为凶手有意图要让屋根井小姐看起来像自杀。”

“没错……顺带一提，作为定义③的变化型，也有一种‘死者真的是自杀’的密室。推理迷总是会把事情想得很不寻常，但是一般而言，倘若死在密室里的人看起来像是自杀，那九成大概就是自杀了。”

今日子小姐边说边把定义③也用两条线画掉——虽然轮不到远浅警部操心，但这个人都没想过皮肤也是需要保养的吗？

“定义④‘为了制造密室而制造的密室’。”

“什么？这是什么意思……是有关哲学的定义吗？”

“完全不关哲学的事。我是指因为想制造密室，所以就制造了密室——这种愉快犯干的好事。没有必然性或明确理由，只是刚好想到了密室诡计，于是就付诸实行——这种密室也可以说是推理小说看太多的结果。”

我们也得小心一点呢——今日子小姐说道。不知道她这句话有多认真，但是看在实际上就是推理小说看太多才成为警察的远浅警部眼里，可不敢武断地说绝对没有这种人。

就是刚才认为有闲工夫特地去搞一个密室的那“没几个凶手”——不，也可以想象是一种受到强迫观念使然，觉得杀人时就非制造密室不可的凶手。或者只是单纯把“制造密室”跟“戴上手套以免留下证据”或“制造不在场证明”混在一起，认定其也是犯罪必要步骤之一的凶手也说不定。

“这也先……保留吗？今日子小姐。”

“要保留吗……我认为就算排除也无所谓。如果是‘为了制造密室而制造的密室’，拿试衣间制造密室实在太脆弱了。若不是爱看推理小说的远浅警部，或是身为侦探的我，大概都不会觉得那是密室吧。”

的确，关于这起命案，远浅警部的部下们似乎没人往密室这方面联想。就算和他们讨论，大概也只会得到“你想太多了”的回答吧。

“反过来说，线索也藏在这里……凶手为什么不选其他地方，非得用试衣间来制造密室呢？”

“嗯……”

好像懂，又好像不太懂。

总之，今日子小姐又用两条线画掉了定义④。

“那么，定义⑤呢？我觉得定义④就已经是极少数派了……”

要是画成圆饼图，假设定义①有百分之八十，定义②有百分之十，定义③有大概百分之五……定义④顶多只有百分之三吧。

剩下百分之二以下的密室，应该只是误差范围吧——听说百分之五以下的可能性，根本可以略过不表。

“说得也是呢。但是，身为推理小说的忠实读者，这个定义⑤才是最令人心动的……”

讲了句这种卖关子的话，之后今日子小姐接着说。

“定义⑤‘不可能犯罪的密室’。借由制造出“密室”这种任何人都不可能犯案的状况，让人苦于锁定凶手或嫌犯，好让命案本身成为悬案……姑且不论好坏，这可以说是最能够展现凶手之高度理想与抱负的密室。”

“……这跟定义③‘让死者看起来像是自杀的密室’不一样吗？”

“不一样。定义⑤的密室可说是强烈排斥被用这种务实的眼光来解释，凶手借由揭示‘谁都不可能办到’的手法，以彰显‘自己也不可能办到’的目的。其中甚至蕴含某种迫切之情——最后，再加上这五种定义之下，无论如何都会产生的例外，也就是定义⑥‘其他的密室’，共有六个定义。”

远浅警部再次端详白板——今日子小姐的手臂。被两条线画掉的定义虽然难以辨认，倒也不是完全看不出来。

定义①“用来隐匿命案存在的密室”。

定义②“偶然成立的密室”。

定义③“让死者看起来像是自杀的密室”。

定义④“为了制造密室而制造的密室”。

定义⑤“不可能犯罪的密室”。

定义⑥“其他的密室”。

对于推理小说读者来说，这样的分类还算是到位……只是也说不上有什么特别稀奇或令人耳目一新之处，然而的确是把密室种类整理得非常浅显易懂。尤其以现实性作为排序来定义，更简单明了。

只是，如果讨论到这里就结束，就只是推理讲座而已——问题在于这些密室的定义，究竟跟这次的案子有什么关系。

“排除定义①、定义③与定义④，就表示这次的密室是在定义②、定义⑤、定义⑥之中了。”

“我想其实也可以不用考虑定义⑥。‘其他的密室’是指‘看一眼就知道是例外’的密室——也可说是‘异世界的密室’。而该说是幸也不幸，这次的密室并没有这么大的意外性。”

所谓“异世界的密室”又会是什么样的密室呢？虽然只能凭空想象，难道是用上魔法或咒语那样，充满了奇幻色彩的密室吗？如果是那样，这种密室就连圆饼图的百分之一也不到吧……只不过，在也可以说是某种奇幻物语的推理小说世界里，存在这样的密室或许也并不奇怪。

虽说读者会觉得不公平就是了……

“这么说，就是定义②或定义⑤的其中之一了吗？”

“如果假设刚好没人目击到凶手，就是定义②的密室了——可是这种推理没有继续追根究底的空间，而且就像我先前所说的，太凑巧了。”

“但定义⑤是‘不可能犯罪’哦？别说是凑巧，根本办不到吧……”

如果是有计划地制造密室，就表示凶手是刻意且有计划地避开店员的耳目、客人的耳目、监视器的镜头——诚然不可能犯罪。

不得不说，这种事谁也办不到。

“如果这么想是正中凶手的下怀呢？……反过来说，如此挖空心思的计划性犯罪，竟然被我们用‘凑巧’二字就带过去，说不定凶手心中也不太甘愿呢。”

“那么，就让我来献上推理吧。”今日子小姐说道。

对凶手来说，实在是多管闲事。

站在凶手的角度来看，又不是再三思索密室定义之后才犯下凶行，不管是定义②还是定义⑤，只要罪行不露馅，就是最理想的定义吧。

“话说回来，远浅警部。我刚才给你的三个提示，你思考得怎么样了？如果不需要说明的话，我就省略喽。”

“啊，呃，我完全……我连提示1都似懂非懂……那是指‘完全没有店员目击到身为常客的被害人，是一件很奇怪的事’吗？”

“是的，完全正确，非常好。”

就算她这样赞美自己，远浅警部也高兴不起来——就觉得很奇怪，但是若问哪里奇怪，他又完全答不上来。

“你就别谦虚了。讲到这里都能明白，答案几乎就已经呼之欲出了——如果没有任何一个店员目击身为常客的屋根井小姐，就等于没有任何一个认得屋根井小姐的人看到她，只有对屋根井小姐不太熟悉的人目击到她——”

嗯？

才觉得是不是有点太跳跃性思考，但是在远浅警部插话之前，今日子小姐就开口了。

“——换句话说，所有看到她的人都不认识她。大家的证词只能够证明当时有个客人全身穿着‘Nashorn’的华丽衣裳，但无法证明那个客人就是屋根井小姐。”

“唉……可是监视器——”

拍到了——虽然是背影。

由于被害人戴着大大的平光眼镜，或许并不容易光从监视器画面确定拍到的真的是本人，所以警方才会试图整合所有人的证词，好做出综合性的判断——难道这样还不能确定她是十一点来到店里的吗？

“因为顾客们的证词是以屋根井小姐穿的衣服来判断的——毕竟地点是服饰店，视线会落在同类——其他客人的服装上，也是很自然的事。”

“你……你是说她们认错人了吗？”

这么说来，的确曾经提过这样的假设。

被害人屋根井刺子会不会是被误认为别人而遭到错杀——虽然是没有根据的假设，该不会是瞎蒙就蒙对了吧？

“不，不是‘认错人’，我是指会不会根本是‘别的人’……现在警方是因为有很多人作证看到她走进店里的身影，所以才认为屋根井小姐那时候还活着，对吧？”

“对……咦？你的意思是说，屋根井小姐那时候其实早就死了吗？”

“你不觉得这样一切就很合情合理了吗？假设被害人在走进试衣间之前就已经遇害，会比假设她先进了试衣间才在里头遇害更说得过去些。”

愈来愈搞不懂了……

也就是说，被人目击前往试衣间的“屋根井刺子”和被人发现陈尸在试衣间的“屋根井刺子”并不是同一个人？但要是那样，被人目击的“屋根井刺子”后来又去了哪里？

“毕竟地点是在试衣间，爱换什么衣服都可以呢——由于目击者都只认衣服不认人。先换件衣服，再拿掉眼镜和假发，就能以他人之姿，堂堂正正地走出去——嗯，这时不该说是他人之姿，而是自我本色吧。”

“咦……如果只有换衣服的话就算了，还拿掉假发？等等，这么一来，简直就像特地变装……”

不是就像——就是特地变装。

的确，很难想象会刚好有人打扮得跟被害人一样，如果被众人目击的‘屋根井刺子’是另一个人，那么只能认为是故意要打扮成她的样子。

“可是，也不能堂堂正正地走出去吧。没有走进试衣间的人突然从试衣间里走出来，任谁都会觉得很奇怪吧。”

“嗯，关于这点，请容我留到最后再说明——老实说，到时还希望能够借用远浅警部的智慧。”

什么意思？听来似乎不是故意卖关子，而是真的没把握……

“我先说明那个人为什么要打扮成屋根井小姐的样子——我并未参与现场取证，所以现阶段的推理大多都没有证据，只是我个人的想象……因此，我想也会有很多与事实不符的地方，这部分请你日后再慢慢地查证。”

接下来要模拟凶手今天的行动——今日子小姐说道。

“首先，凶手约屋根井小姐来还没有开门营业的‘Nashorn’——怀抱着杀意，用事先准备好的衣架殴打屋根井小姐的头部。”

“嗯……怀抱着杀意，是吗？”

虽然“还没开门”这点也因为没有根据而让人感到困惑，但是远浅警部更介意的还是有关“杀意”——依照截至目前的假设，如果有杀意，应该会选更牢靠的凶器吧。

“说到这儿，或许正因为怀抱着杀意殴打，原本恐怕杀不死人的衣架，也成了杀死屋根井小姐的致命凶器呐！”

“换句话说……是如同今日子小姐一开始讲的那样，为了伪装成冲动的犯案，故意选择鲜少被使用的凶器吗？”

“若要采用这个推理，我想比起这个原因，“为了让被害人松懈”的可能性更大。被叫到还没开门的店里，即使没想到会被杀，也会提高警觉吧。如果用店里到处都有的衣架作为凶器，就算拿在手上，对方也不会起疑。”

总之关于杀意就先当作有，于是远浅警部抛出另一个问题。

“……为什么要约在开门前呢？”

“那只是单纯选一个不会被人看见的时间而已。客人当然不用说，店员也都还没来上班，而监视器也尚未开始运作——”

监视器会在“营业时间内”持续不断地录像——反过来说，除此之外的时间是关闭的。

愈听愈觉得凶手打从一开始就满怀杀意。

而且还离自己打从一开始想象的凶手形象愈来愈远——非但不是一般人由于惊慌失措导致失手犯错，根本是穷凶恶极的预谋杀人。只不过……

“那么，凶手是这家店的人吗？因为店还没开，就能够把被害人约到店里……但刚才不是说，不太可能会有人挑在自己的地盘上杀人啊？”

如果是一时冲动而“失手”杀人，当然就与地盘什么的无关，但倘若是有计划的犯案，应该不会做出风险这么高、有害而无益的事。除非是不会计算利弊得失的大笨蛋——

“这恐怕也是仔细计算过利弊得失之后的结论吧。换句话说，凶手认为这么做的好处，比风险和缺点来得大——因为可以善用地盘内的优势。”

优势？高风险、高报酬的意思吗？当然，要说计算利弊得失，在拟订的是杀人计划时，就已经显然是很不会算的了……尽管如此，如果还有什么不惜要在自己的地盘里下手的理由——

不可能犯罪。

“因为比较容易制造定义⑤的密室”吗？

“……假设凶手在店内无人、监视器也还没开始运作的时间叫被害人出来……那么选在开门之前的理由是什么？我是说，为什么不能约在打烊以后呢？”

“光是要杀人的话，时间其实没什么关系，问题在于推定死亡时间。如果是在昨天晚上下手杀人，那么就算是在今天中午被发现，警方也不会认为被害人是在试衣间里遇害的——对吧？”

“对……”

真是问了一个笨问题。因为有目击证词显示被害人是在十一点左右走进试衣间，加上发现尸体的时候是正午时分，当然会推测死亡时间是在这段时间里。而光看验尸的结果，范围可能还会更大一点——但尽管范围再大，误差顶多也只有几个小时。

几个小时……？好像在哪里听过这个数字。

“嗯……简而言之，凶手想让人以为屋根井小姐是在试衣间里遇害的吗？也就是实际行凶之处，就算是在店内，也不是在试衣间……？”

“很有可能。杀死对方以后，再把尸体搬进试衣间里——要在那么小的空间里杀人还是不太可能。用的是刀子或枪就算了，用衣架的话……”

极为合乎常识的回答。

之前“因为理论上有可能，所以也不是办不到”的立论——想想实在很勉强。

不是在光天化日、众目睽睽的店内行凶，而是在还没开门、没有其他人在的店内行凶——极为很合乎常识的推理。

然而，如果接受这个说词，又会衍生出必须重新思考的问题和事实——那么，凶手是如何将根井刺子的尸体搬进试衣间里的呢？

“要问其如何做到的话，有各式各样的工具哦。因为人类的尸体还是有些重量的，所以用来搬运商品的推车是不可或缺的。”

“啊，呃，不是指如何……我想知道的是为什么要这么做。”

远浅警部约略懂得凶手想要让人以为“被害人死在试衣间”的理由，可是他不明白这种行为有什么意义。

“那么，让我们继续追溯凶手的行动吧。在其他工作人员来上班之前，先把尸体搬进试衣间——然后把帘子拉上。”

“把帘子拉上？……从那个时候就把帘子拉上吗？”

“没错。这么一来，就暂时把尸体藏起来了。”

因为有暂时先把尸体藏起来的必要呢——今日子小姐说道。无论是聊到穿着打扮还是谈到尸体及杀人的话题时，她的情绪都是一样的，该说是造成远浅警部有些认知失调吗？总之让他感觉很不舒服，但现在可不是顾虑到自身感受的时候。

“把，把尸体藏起来……？为了不让人看见吗？不对，这么一来，不就成了定义①的密室吗？可是，如果是试衣间这么脆弱的密室，就算藏起来也顶多——”

——几个小时。

打从一开始不就说了吗？

那么，在“Nashorn”服饰店今天开门营业之前，就已经有尸体在试衣间里头了。

这可能吗？

这种藏法应该撑不了几个小时吧？毕竟是可以轻易地从外面拉开的帘子——万一开店以前就有店员觉得帘子没打开很奇怪，一把拉开来看呢？

“所以喽，为了防止这种事发生，只要分配给店员其他工作，事先作出潜台词的指示，别让他们靠近试衣间就行了……也可以自己揽下试衣间附近的工作，负责监视。”

“分配给店员工作……作出指示……监视……也就是说，凶手的地位是可以这么做的人喽？”

“我想是的。”今日子小姐点点头，“所以我很苦恼……”

“苦恼？什么意思？”

“抱歉，这是我自己的问题。总而言之，开门前可以这样撑过去，但开门后就不能这么做了。毕竟无法管理，也无法预测客人的举动。”

这倒也是。而且如果是直觉比较敏锐的客人，说不定也会有人觉得毫无动静的试衣间很可疑——至少这个不安因子是始终存在的。但也不能一直观察那附近的动静，监视着试衣间。

“就是说啊。而且最后就是因为试衣间都没有动静，才会发现被害人的遗体——然而，像这样被人发现，应该也在凶手的计划之中——只要不在十点开店到十一点之间被发现就好。”

于是，刚才的提示就可以派上用场了——今日子小姐说道。

“提示2。第一发现者的店员为什么会认为有人死在试衣间里呢？”

“……呃，因为察觉只有那间毫无动静吧？”

“可是，那位店员也不是一直监视着试衣间吧？说不定会有人在店员刚好没注意到的时候进去啊？这样的话，店员究竟是基于什么根据，才会认为试衣间已经好一阵子没有人进出呢？”

被她这么一问，远浅警部陷入沉思。

既不是薛定谔的猫，也不是箱子里的羊，天知道看不见的密室里究竟发生了什么事——连谁在里头都不知道。既然如此，又怎么会知道是同一个人一直在里头呢……

“……鞋子……吗？”

一旦想通，真的没什么。

是呀，进试衣间以前要先脱鞋——今日子小姐换衣服的时候，也脱下了她的长靴。

“没错。反过来说，只要每隔一段时间就换掉放在试衣间前面的鞋，就能制造出里头的人也换了的印象——不会想到里头始终只有一具尸体。”

凶手就是这样撑过开店后的一个小时——今日子小姐如此断定。

鞋子吗……虽说时尚从脚底开始，但是看在远浅警部这种人的眼里，的确是一个盲点。

“是的。服饰店‘Nashorn’也兼卖鞋子。只要善用库存的鞋子，应该可以撑上一个小时。想象凶手避人耳目，偷偷摸摸地更换鞋子的模样，实在不太好看——可是，动作本身应该很自然。因为整理试衣间前的鞋子是服饰店店员们的日常工作。这件事暂且不提，到目前为止是凶手计划的第一阶段，接下来要进入第二阶段了——也就是从后门之类的地方偷偷溜出去，找个地方打扮成屋根井小姐，再假装成客人，走进店里。”

或许是认为已经不言自明了，今日子小姐并未详加说明，但是可以在上班时间恣意离开工作岗位，便能推测出凶手是店里不受班表限制，职位相当高的人。

“虽说是变装，但也用不着鲁邦三世*那种高水平。只要能让人对衣服留下印象即可——重点反而是在不要被人认出自己是谁。”

“……那变装时穿的衣服，也不是从被害人身上脱下来的啰？”

“的确不是。因为被害人全身上下穿的都是‘Nashorn’的衣

* 鲁邦三世：日本漫画家加藤一彦的漫画系列作品《鲁邦三世》男主角，是个令警察头疼，神出鬼没的国际大盗。

服——但好像也不是伸展台系列的当季最新单品，所以就算不是一模一样，店内应该也有很多相似的衣服吧——大概只有鞋子，得穿上被害人本人的。”

“只穿鞋子？”

“是呀。然后凶手再趁着店员们不注意的空当，从大门口走进店里。不管有多少目击者，只要没被任何人注意到，就跟透明人没两样。”

“……因为凶手是那家店的人，所以也很清楚监视器的位置，而且跟刚才一样，为了不让店员看见变装的自己，对他们下了各种指示——是这么回事吗？”

所以目击证词才会有偏倚——不，是被偏倚了。

为了捏造“屋根井刺子在那时还活着”的错误目击情报——另外，因为完全没有被监视器拍到也很不自然，所以只让监视器拍到背影。这要做起来大概不难，只是需要胆识。

然后凶手在那之后的行动是……进入试衣间里吗？让其他来买东西的人目击到自己的背影——刻意地。

嗯，可是，这样不是很奇怪吗？

既然被人目击走进试衣间的背影，就表示那时，伪装成屋根井刺子的凶手拉开了帘子——那时，里头的屋根井刺子本人尸体也会曝露在众目之下，和凶手走进去的身影一起被别人看到。

要是看到了，当场就会引起大骚动才是。

“不会引起大骚动的。因为凶手是进去隔壁的那间。”

“隔壁？”

“是的。然后在里头换衣服，恢复本来面目，再一脸若无其事地走出试衣间。这时也没忘记要把穿着走进店里的鞋子，和放在内有尸体的隔壁试衣间前面的鞋换过来。”

换过来？有什么意义吗——对了，这么一来等于是把鞋子还给屋根井刺子。把在变装时，唯一向被害人借来穿的鞋——

“啊，所以让屋根井小姐走进隔壁的试衣间吗？啊，不，是屋根井小姐的尸体本来就在隔壁……”

原来如此。六个相隔的试衣间采取统一的设计，如果是最旁边的两间也还好，要是正中央的两间，乍看之下或许真不太容易区别。看见屋根井刺子——伪装成屋根井刺子的凶手走进试衣间的目击者，看的时候大概也不会仔细到去数凶手走进的是哪边数来的第几间吧——就算正确记得凶手走进了哪个试衣间，在目睹尸体这样的事实冲击下，记忆也会被自动改写吧。

“这么说来，今日子小姐打从一开始就很在意隔壁的试衣间啊。该不会你当时就已经发现凶手玩了这个把戏吗？”

“怎么可能，你可不要随便乱讲。”

今日子小姐看似慌张地矢口否认。

“我才不是那么厉害的侦探，你太看得起我了……不过，那时搞错试衣间的事，的确成了一条线索……追溯凶手的行动轨迹，到此大致告一段落。之后凶手只要回到自己的工作岗位，等待尸体被发现即可——因为不再去动在试衣间前的鞋子，所以被发现只是迟早的问题。”

事实上，不到一个小时就被发现了。

看在旁人眼中，就是“屋根井刺子走进试衣间，没多久却在里头被人用衣架打死了”——但谁也不曾目击到凶手。

不可解的状况大功告成。

不，不是不可解——是根本不可能吧。

不可能犯罪——密室杀人案。

“不……请等一下。这种事还是办不到吧？”

“哪里办不到？”

今日子小姐明知故问。

她不可能不明白他的问题。

因为远浅警部已经提过这个问题了，只是今日子小姐没说明。

“进入试衣间的人，打扮成不一样出来，应该会让人觉得很诡异吧？进试衣间时还好，因为还能自己抓时间，可是要出来的时候——不是说从里头看不到外面吗？一旦进到试衣间里，就无法掌握店里的哪里有谁了……可能会被人看见和走进去时打扮不一样，或是交换鞋子的瞬间。”

“只要在不会被任何人看见的时机走出来，不就没问题了吗？”

“话是这样说，但问题是那个时间点要怎么抓——”

啊，这就是提示3吗？

因为从外面看不见里头，所以从里头也一定看不见外面吗——这是所有提示里最难以理解的一个。

又不是双面镜，一定看不到帘子的另一边不是吗？

纵使今日子小姐刚才说了“想借用你的智慧”之类的话，不过老实说，远浅警部真的不认为自己的智慧足以让人借用——当时虽是这么想，可是在接下来的讨论里他才发现，要解开提示3，自己的协助的确不可或缺。

这并非是因为他真有署长吹捧得那么优秀——只因为他不是记忆每天都会重置的忘却侦探。

“我们不是讨论过凶手为什么要在职场、要在自己的地盘行凶吗——提到‘虽然高风险、高报酬，但只要有利于自己，就会这么做’之类的？”

“是讨论过……现阶段的所谓优势，是可以利用自己的立场，控制一半的目击者视线吧？可是，光凭这样感觉还不够……如果能控制所有目击者也就算了，只有一半……要从试衣间里出来时，仍然会遇到瓶颈吧。”

“所以呀，我才说是箱子里的羊……没人知道别人在试衣间里做什么，对吧？如果时间很短，更是无从知晓那个人在里头干吗——即使在里头用手机也没人知道。”

“……手机？你是指联络其他人吗？对了，也就是说，请共犯告知出来的时机吗……？”

“看整体情况如此匆忙，我不认为凶手有共犯——更何况，凶手也不需要共犯。凶手并不是要与共犯联络，而是要接收监视器画面吧。”

“什么！？”

监视器画面是利用无线网络上传云端，由办公室的计算机管理的。然而“储存在云端”也意味着只要知道账号和密码，就可以从任何地方读取到监视器画面——即使是在试衣间里——只要透过手机就能登入。

“你是指凶手利用监……监视器的画面来犯罪吗？”

“是的。纵使会有死角……尽管试衣间前也是死角之一，但还是能掌握住人潮的流动。只要看准试衣间附近无人的时机，再走出来换鞋子就好……至于到底办不办得到，还得请远浅警部告诉我了。因为我对 Wi-Fi 和云端什么的一无所知——全都忘了呢。”

刚才还觉得她可真是自信满满，结果她却说了句有点机械白痴的话。

其实不是机械白痴，只是单纯丧失记忆。

不过，唯有名侦探才能如此迅速地将前一刻还不懂的知识运用在推理之中——明明握有同样的线索，明明这些知识在常识范围内，却无法推理出相同的答案，远浅警部觉得好丢脸。

他甚至不由自主地觉得，她之所以把这个问题留到最后，会不会是想留面子给自己。

“如果只讨论可不可能，我想是可能的……实在是相当恶劣的犯罪。”

运用监视器的目的并不是防盗，而是用来掌握目击者的动向——不仅是控制店员的动向，还反过来利用大量的目击者来构成密室。

但是，如果完全不管道德问题，“可以调阅监视器画面”这一点的确是选择自己的职场作为犯罪现场的好理由。利用一般人认为从密室内部看不到外面的盲点——

“嗯……咦？这样的话……不就可以确定凶手是谁了吗？”

“是呀。”

针对他这个后知后觉的单纯问题，今日子小姐给了个肯定答案。

“远浅警部，你说网络监视器的影像都是由店长管理吧？也就是说，如果这个推理是对的，那么凶手就是‘Nashorn’的店长。”

愈是精心设计的犯罪，愈会留下许多的线索，一旦罪行曝光的时候，也就愈难以狡辩——这次可以说是非常典型的例子。

当然，就像侦探自己说的，目前没有确切的罪证，接下来还需查证……除了要调查店长与被害人之间的关系，同时也必须先找本人来问话。虽然已经问过一次，然而这次不会把店长当作是证人，而会将其当作嫌犯来看待。夜已深，能够的话最好趁今天还没结束，马上进行……

“没错，是该这么做……嗯，事情当然会变成这样吧。”

“嗯？”

今日子小姐的表情黯淡，一点也不像解开谜团的侦探——说来，今日子小姐打从一开始就不太想解谜的样子。

“怎么啦？如果是解谜的酬劳，我一定会付的，请不用担心。”

“你当然要付。”

今日子小姐直截了当地说道。远浅警部虽然感觉自己好像渐居下风，但仍不忘补上一句——

“只是，向店长问话的时候，还希望今日子小姐能再当一次口译……”

虽说一天下来，远浅警部对于时尚用语已经有了一定程度的了解，但是接下来的侦讯肯定会讨论得非常深入吧，而且为了请她对自己的推理负责，远浅警部真心希望今日子小姐务必同行。

再加上倘若只有自己去问话，总觉得好像抢了她的功劳，有点心虚……然而，原本远浅警部以为专业意识极高的今日子小姐面对自己的请求，一定会二话不说就答应，没想到她的态度非常不积极。

“唉，我就知道事情会变成这样。”

“该不会，这次口译你还要另外收钱吧？”

“我才没这么贪得无厌呢。”

今日子小姐予以否认。

她已经够贪得无厌了。

“可是啊……这就是我刚才讲的，我自己的问题。”

“自己的问题？”

“因为我已经完全爱上‘Nashorn’的衣服了。实在不想去逼问、去弹劾身为嫌犯的店长——店长一旦被捕，那家店当然就要关门了吧。”

原来如此，果然是自己的问题。

看在对穿着打扮一点兴趣也没有的远浅警部眼中，这种个人情感根本是无聊到极点，但是对于此时此刻实际穿着“Nashorn”服饰的今日子小姐而言，或许真的是很迫切的问题。就像警察不能参与调查亲朋好友牵涉其中的案子——这种感觉吧。

“白天透过口译协助你和店长之间对话时，我的内心其实是很雀跃的——还不小心问了一些与命案无关的问题。”

现在突然坦承这种事也只是徒增困扰——可是接下来在查案时，万一她就因此放水也很伤脑筋——不过既然是情感上的问题，也不能拿她怎么样。

“这样好了，远浅警部。”

不一会儿，今日子小姐像是下定决心似的说道。把工作和私情放在天平的两边，她似乎选了工作。

“去找店长问案以前，只要一下就好，请让我睡一下。”

“睡……睡一下？”

“没错。这样就能把今天一天的记忆全部重置。不管是看到的事、听到的事、见过的人，还是喜欢上的服饰。”

或许是为了帮助入眠吧，忘却侦探又加点了一杯酒。

“等记忆和感情全都重置以后，再去问话吧。”

她的脸上，浮现出毫无迷惘的笑容。

7

后来，今日子小姐先是分毫不差地收下调查本案的酬劳，再小睡一下，以不再是“Nashorn”粉丝的她再度陪同远浅警部去问话、帮口译，全力扮演与店长沟通的桥梁——事实上，几乎都是由她一个人面对店长。

当然，今日子小姐一觉醒来，不只忘了“Nashorn”这个品牌，就连与命案有关的一切也都不复记忆，这时她自己写在左手臂的密室讲义就派上了用场——以六个定义为轴心掌握案情的来龙去脉，再进行一次同样推理，得到同样结论的今日子小姐，将白天已经见过一次面的店长视为“初次见面的陌生对象”，笑容可掬地进行毫不留情的诘问。

没有记忆的，是我——

结果店长不仅认罪，还把之所以杀害屋根井刺子的动机，全都一五一十从头招来——虽然接下来有待取证，但已经足够用来申请拘票了。

在尚未收集到确切证据之前，就能卸下对方的心防，光是利用高明而巧妙的诱导套问，就能让对方坦承不讳，今日子小姐沉稳的话术着实值得警察学习——然而，远浅警部却也觉得自己“绝对学不来”。

技术学不来，心态更是望尘莫及。

为了执行职务，不只是记忆——就连感情这种精神性的部分，也毫不迟疑地自愿重置的工作态度，已经远远超出什么专业、禁欲云云的领域了。

无论是喜爱的事物，乃至于“喜爱”这种情绪本身，如果会妨碍到推理的话，也不惜主动将其割舍。

如果这就是所谓的侦探，那么自己在接下来的人生里再怎么努力，都无法成为侦探——倘若当个侦探非得做到这个地步，那么自己这辈子当个负责衬托的警部就好了。

当远浅警部深刻领悟到自己不可能做到她那样的同时，也深切体会到自己并不想成为她那样——至少他这辈子都不会忘记，今日子小姐刚才一觉醒来看着他的时候，那种“初次见面”的视线。

看到不该看的了。

像是这样的目击者心情。

……题外话，该怎么处理买给今日子小姐的那套“Nashorn”的衣服也是棘手课题。当然在第二次问话以前——利用睡眠来重置记忆以前，今日子小姐就已经换掉那身衣服了。但既然穿过一次，也不能再拿去退货，想到不得不脱下的前因后果，考虑今日子小姐的心情，她也很难再收下吧。可是，远浅警部也不可能就因此接收今日子小姐穿过的衣服。

“那么，就只能丢掉了吗？”

虽然觉得可惜，但今日子小姐说她从不重复穿同一件衣服，所以这么处置也是不得已的。

“衣服是无辜的。”

今日子小姐提出折衷方案。

“如果有朝一日，有机会再与远浅警部共事，到时候可以请你再送给我一次吗？”

“唉……这是什么意思？”

“因为——等到我忘了自己忘了这件事的那一天，我想我一定会重新爱上那套衣服的。”

第三章

今日子小姐的暗号表

1

圆的和方的关系不太妙

倒三角形的话过分亲昵

如果是直线又很爱示好

2

善恶的基准，简直跟暗号没两样——结纳坂仲人经常在想，真希望有人能把“好事”和“坏事”整理成一览表。

要是老实说出这种想法，大概会被人骂“难道你连好事和坏事都区分不了吗？”然而就算是被这样斥责，也要等到挨骂了，才会知道“原来这是不能说的”。平心而论，光是只看到有人被骂，也无法断定骂人的人就是对的。那些人或许只是嗓门大了些、主张明确了点儿——不能说嗓门大的人就是对的，也不能说因为主张很明确就是行善。这些都显然不足以作为基准。

那么，什么才能作为基准?

无论结纳坂再怎么渴望，世上依旧没有可以解析“好事”与“坏事”的暗号表——“这种事只要用常识想一下就能做出判断了吧”的指责，说穿了也只是基于一定的经验法则，他还没有别扭到会想要正面否定这种思维，但如果再深入地思考下去，这种“常识”与“没常识”之间的界线，其实还挺吊诡的。

在某个地区是很友好的问候，在别的地方却代表挑衅——这种事屡见不鲜。即使没有恶意，所作所为也会被认定是“坏事”。姑且不论到底是行为不好，还是无知不对——只是，他怎么也无法克制自己想要对“区分好坏”这件事做个清算的心情。

不，如果是问候或肢体语言、用字遣词的问题，还可以视为是文化上风土或习俗的差异——但要是这样就能解释一切，那么这一切也不过只是单纯的生活小知识，或者是当作趣味笑话就可以一笔带过的戏言。

然而，也有不能当作戏言带过的情况。

倘若是尚未白纸黑字的文化差异，在日本只要用不置可否的微笑，在欧美则是用摊开双手、耸耸肩之类的姿势，就可以不痛不痒地轻轻带过——但如果是明文规定在法律之中的，又该怎么办呢？

法律书。

将“好事”与“坏事”分门别类地列出来，用以解析善恶的暗号表——换个角度来想，那的确是结纳坂所祈求的一览表。可是，当他亲自去细读了六法全书，才知道法律原来可以有无数的解释空间。

所谓法律本身，几乎就是被暗号化的文章——同一则条文可以衍生出截然不同、完全相反的解释。而法学专家们则在法院里实际进行“哪边的解释才正确”的论战。

的确，如果不预留解释空间，就会变成不知变通的死规矩，但是正因为可以有太多种解释，要是严密地解释法律，就会产生无人不是犯罪者的矛盾——没有人这辈子不曾犯过罪——或许这才应该纳入常识的范畴。

就算要结纳坂不从字面上说文解字，也应该要好好探索法律之所以为法律的意图，可是所谓的“意图”仍让他感觉是面目难辨、难以捉摸的——要具体指出症结，不如用比喻的方式会比较容易理解。以足球为例，世人常说越位之所以要判犯规是因为“很卑鄙、不够绅士”，但如果越位是一种卑鄙的行为，那发动诱使对方越位的造越位战术不就更卑鄙吗。

这种无视立法意图的滥用法律——说得直接一点即为“恶用”的情况，其实随处可见。另一方面，不合逻辑，甚至是不合理的条文也是不胜枚举，如果光看其立法意图，通篇就只像是基于一场误会，或是怎么看都觉得只是当时政权基于一己之私而订定的“善恶基准”，也是多不胜数。

所以，法律也是离正义或正道千里远的。

充其量就是一堆条文——不过是些条列式的文章——法律不见得是用来规范道德的标尺，有时想做善事，却被这些规定或惯例挡在面前，弄得绑手绑脚，也是司空见惯的事。

这么一来，法律书终究只不过是一本书，与其说是故事，更像是诗歌之类的——全凭感受者的感性如何解释。即便如此，若能把法律书全部整理成一本，或许会有无限的解释，但可能并不会产生无数的矛盾——可是在现实世界里，法律书却从来不止有一本。

同是规范一件事，也有多本的法律书。

光是国内已经如此，放眼海外，还会触及更庞大的“异文化”。

举例来说，在日本国内，法律规定不能贩卖以“英寸”为单位的尺子。虽然很想问到底是有何不可，不过单纯就法律来看，由于日本采用公制，英寸单位的标尺并不符合公制，放任其流通便是违反法律理念的“坏事”——但同样的尺子，在不采公制而采英制的国家里，明明到处都买得到。

这还只是标尺的问题，所以可以说得如此平静——但这其实并不是如此平静就可以带过的事因为换成手枪，也完全能够说得通。

若是在日本国内持有枪械，可不是常识或感性受质疑就能了事——讲常识以前，身为持有杀人工具之人，想当然地会被视为危险人物吧。然而，在不禁止私人持有枪械的海外各国，持有枪械则是非常天经地义的自卫手段，完全不值得非议——这并不是法律解释的问题。

举出手枪这种例子是过于极端，但要说到这种标准的不一致卑鄙在哪里，以医疗技术为例会比较容易了解。每个国家都有可以做的手术、不能用的药物。在国外救人一命的崇高行为，到了国内可能会被处以伤害罪判刑，这种匪夷所思的对比，绝不是只发生在小说里的故事。

这是以法律为横轴在看事情的时候会产生的矛盾与错位，当然以纵轴来看，“好事”与“坏事”的区别更加暧昧——不仅如此，甚至完全颠倒过来的案例也有很多。

以前是好事，现在却变成坏事；现在几乎难以想象的事，以前却是稀松平常的事——随着科技的进步，每当出现新的技术之时，人们为了确实管理规范，有时还得制定新的法律来配合。

以前的人近乎执拗地遵守着现在看来已经过时的荒谬法律——而纵使谈不上能作为善恶基准，至少可以作为管理约束标准的现代法律，看在以前的人们眼里，大概则是做梦也想不到的破天荒吧。

即便这样，结纳坂认为应该还是有垂直贯穿人类史，类似“人情味”的东西能够成为基准，可以让他寄予希望。只可惜就连这一点也很难说——毕竟纵观历史，有将不人道的奴隶制度视为理所当然的时代，也有把杀人如麻的人视为英雄的时代。

对结纳坂而言，被问到“你喜欢哪个战国武将？”这个问题，跟要回答“你喜欢哪个杀人魔？”实在没两样。以现代的感觉解读过去，无论是什么样的英雄或伟人，都是坏事做尽的大坏蛋。

所谓历史的教科书，其实会不断地改写。

既然如此，他真想知道自己一路所学的历史究竟是怎么一回事，只是单纯的记忆力测验吗？

回想起来，也有死都不肯改写的教科书——主要是以数理科的教科书为多数。有名的例子像是“电流从正极流向负极”的解释——后来发现其实是从负极流向正极，但是一开始就被定义的那个解释，到现在还是维持原状。既然电子是从负极流向正极，就表示一开始的定义明显是错的，但是之后非但没订正，还持续作为“正确的定义”教导后生至今——说是纵轴，其实只是因为历史太漫长，所以实在改不了而已吧？

要说数学无论在哪个国家——说得再极端些，无论在哪个行星——都是不变而对错分明，倒也不尽然。即使答案相同，演算过程也可能天差地别，像是日本的九九乘法和印度的九九乘法就完全不一样。还有“零的发明”若为真，那么发明零以前和发明零以后的数学，应该也可以说是完全不同的。

进步代表着变化，而变化有时候可能会否定过去——对错的规则永远在流转。原本以为是这样，曾几何时又变得完全不是那样。而且变动的时间，总是比想象中的还要短。

顺带一提，以教科书来说，结纳坂认为语文或许是解释得最模棱两可的——因为语文原本就由文章组成，爱怎么解释，就怎么解释。

大家都会说“试论作者此时的心境”这种题目，即使作者本人来应考也答不出来，可是要因此说作者的答案一定是正确的，也不见得是这么回事——从作品发表的那一刻起，小说的诠释权基本上就已经交给读者了。

那么不谈心情这种起伏不定的玩意儿，光是严谨地看待文字本意呢？不过即便只是“请写出词语解释”，正确答案与错误解答的境界依旧模糊。

像是“空穴来风”的意思那样。

像是“差强人意”的解释这样。

像是“醉翁之意不在酒”之类。

纵使感叹语文程度不高。站在认为应该把字典视为绝对的立场上，也会碰到同样都是属于语文范畴，同一个词却在白话文与古典文学里有完全不同的意思——例如“风流”和“逢迎”，或是明明也说得通，却要被鸡蛋里挑骨头地说是“不合语法”的状况。

当结纳坂长大成人，看到书里写着“汉字其实不存在正确笔顺”的时候，真是打从心底感到震惊。

“要那么做”“要这么做”“那是错的”——大人总是自以为是地教导小孩，但是如果其根据说穿了根本没有依据，只是一厢情愿凭想象的结果，那么无论是教人的人、还是被教的人都不过是一群小丑，再也没有比这更可悲的事了——不只是学习，运动也一样。

结纳坂这个年纪的人，都历经过严格的青蛙跳训练——虽然他也搞不太清楚，听说现在正掀起一波“叠罗汉体操训练是否合宜”的议论。

不，不仅仅是现在，其实过去就有这种讨论了，只是终于浮上台面——就连古代的奴隶制度，当时也有人反对。

想法与解释——永远都是多种多样的。

但是把想法解释公之于世这件事本身，又总会受到法律规范而无法尽如人意——不过，原本是要推广“好事”、规范“坏事”的法律，有时候却为什么又变成恶法呢?

杀死一个人是罪犯，杀死百万人就是英雄——同样的道理，拯救一个人是英雄，拯救百万人却成了逆贼——吗? 非常有可能。过度的善行与恶无异——一样会伤害很多人、失去很多东西。

历史已经证明了这点。

只是，就算结纳坂能讲得天花乱坠，或许也只会被人一句“这种不言而喻的事有必要特地提吗”而视如敝屣。讲什么横轴纵轴的，规则这种东西本来就是因地制宜，反倒是时代已经变了，规则却仍然一成不变才麻烦。

结纳坂也不是没有人提醒就不懂事的小孩——然而，正因为是大人了，他才知道，其实还有另外一条轴。

假设横轴是X轴、纵轴是Y轴的话，那另外一条轴就是Z轴——换句话说，即使在同一时间、同一地点做同一件事，对于善恶的判断也可能有所不同。

或说是个性，或说是人格特质。

明明是做同样的事，有些人会被原谅，有些人却不会被原谅——就像同一篇文章可以读出好几种不同的意思那样，本来理当是不应该的事，却又被视为理所当然。

这个Z轴的问题，比纵轴与横轴都更让结纳坂伤透脑筋——同样是杀人，为什么会根据凶手的“苦衷”及“情况”而产生不同的判断呢？只是，心中虽然怀有这些疑问，却又同时有着认为“不该一视同仁”的理性，使得他伤透脑筋。同样的罪行，未成年的刑责却比较轻——有些国家的监狱甚至不收老人。只是现实里也不会有全然“同样的事”或“同样的罪行”，所以该掂量的还是要掂量——同样是做“好事”，做事的人过去做过什么事也会影响到他的评价，要说是无奈，也真的是无奈——这是没办法的事。

纵然想主张“善”与“伪善”并无二致，但是在这个世界上，伪善还是会受到批评。这么想来，结纳坂渐渐觉得“好事”与“坏事”在本质上，其实还是没有差别吧——无论是什么样的事，都会对某些人来说是“好事”，但同时对某些人而言就是“坏事”。

没有人能不给别人添麻烦地活下去，相反地，无论是什么样的人，只要活着就会有谁因此得到救赎——也说不定。

或者……

有些人就是要死了才会对人类有所贡献也说不定——如果认为“正义必胜”的说法太幼稚，那么主张“胜者为王”也同样幼稚。

“好事”与“坏事”——其实是同样的事吧。

借由如此复杂、如此执拗地搬弄道理是非，结纳坂仲人终于能够从自己杀害从小到大的好朋友，同时也是合伙人的缘渊良寿而造成的道德观纠葛之中，得出“那不是一件坏事”的结论。

杀害好朋友——那算是一件“好事”。他总算好不容易，成功地说服了自己。

3

原本一切都很顺利。

由结纳坂担任社长的公司“缘结人”不可能发展得不顺利——他们成功揭示了引领时代潮流的崭新经营模式，现在甚至该说是得意到极点了。

事实上，也的确有很多这方面的杂志来采访他——然而，无论接受过多少次成功者的访谈，结纳坂也不曾得意忘形，就算多少助长了他的气焰，也都还在可以忍受的范围内。

“缘结人”的业务内容——简单地说是一种中介——大致上的工作是接受客户“请介绍这种人给我认识”的委托，尽可能协助引见接近其理想的人物。不管客户要见的是大人物还是特定人士，就算客户对于想见的人只有模糊概念，都要使出浑身解数，尽量满足他们的要求——就像突触*互联般，把各种关系串连起来，以公司名称由来之一的“结缘”为毕生的职业。

预测到正因为置身于科技日新月异的现在，人与人之间的关系接下来会愈来愈重要，因此创办了所谓的人脉开发公司，也成功了——虽然起初不是被认为和人力派遣公司没什么差别，就是被当成婚介所的变种，结纳坂也曾苦恼于想推广的业务内容不被他人了解——但这也是因为他自己实在无法用言语好好形容出心中愿景所致。

对结纳坂而言，那只不过是一种感觉，只是区区的直觉——像是如果完全没有关联的 A 公司和 B 公司的领导人成了朋友，会不会激荡出什么新的火花呢？或者是这辈子恐怕无缘同席的纯文学作家和搞笑漫画家，如果能像裁缝机与雨伞在解剖台上不期而遇，进而互相刺激影响的话，会产生出什么样的作品呢？再说得极端一点，倘若八竿子打不着的艺人和政治家有缘相遇，这些人际关系都会给他们带来利益不是吗？

一开始只是这种不值一提的妄想。

---

* 突触：生物的神经元之间，或神经元与肌肉细胞、腺体之间交换信息的接头。

把平常绝对不会有机会相遇的两个人碰到一块儿，到底会产生什么化学反应呢——对于极端靠感觉过日子的结纳坂而言，要合乎逻辑、条理分明地去说明这种类似好奇心的模糊概念，真的是非常困难的一件事。

因此，有个不用说明就能理解他想做什么的好友实在是他的福气——果真是在外靠朋友。

那个好朋友就是缘渊良寿。

由结纳坂出任社长、缘渊当副社长，两人成立了公司——如今虽然已经是颇具规模的组织，但一开始就只有他们两个人，而“缘结人”这个公司名称，也是取自双方的名字。结纳坂虽然是名义上的负责人，但是将他那只能算是灵机一动的想法真正化为具体的行动，还是缘渊。

因此，比起合伙人，缘渊更像是他的恩人——要杀死既是友人、也是恩人的缘渊，结纳坂心中的矛盾冲突不可谓不深。

这不是完全偏离为人之道的行为吗？

难道没有其他的解决办法吗？

现在不是还能回头吗？

做任何事都应该基于常识与良知——他在心中反复想了无数次，然而结纳坂身为靠感觉过日子的人，最后还是服从了自己的直觉。

他像是破解暗号般地破解了“杀人是坏事”这个简单的命题，

甚至还觉得自己的行为是一种善行——将其解释成是被朋友杀害的缘渊不好。

话说回来，从客观角度来看，也不能说缘渊完全没有错——如同没有不犯错的人，他也有错。无论善恶的基准再怎么模棱两可，至少缘渊的行为明显是重大犯罪，就算不是犯罪，也违反“缘结人”的经营方针。一旦被公之于世，公司就会彻底失去社会信赖，身为社长的结纳坂当然也会被拖下水。

为了保护公司，结纳坂必须杀死既是友人、也是恩人的缘渊——动手的时候，原本那么纠结的矛盾冲突居然在瞬间消失得一干二净，就像认为杀害缘渊是自己的使命一般，真不可思议。

虽然可以解释成结纳坂事前调整自己心态的尝试很成功，但换成一般人来判断，只会认为他已经失去正常的思考能力，为了隐瞒自己人的罪行，犯下更重的罪——人若非失去理智，是无法用钝器重击别人头部的。

不。

他其实还是失败了——无论编织了多少理由，无论下定多么坚定的决心，他还是有些犹豫。

对杀死朋友这件事感到犹豫。

为了连接人与人之间的关系而创业，在创业之际最不可或缺的联系——即使如今已不再需要，甚至还成了阻碍，难道就要斩断这层关系吗——这让结纳坂很犹豫。但是人类的价值观和道德观并不会这么容易改变，况且到了这地步，对于被害人缘渊而言，这股犹豫完全救不了他。

甚至从被害人的角度来看，这样的犹豫反倒还导致了更残酷、更悲惨的展开——因为受到心中犹豫的影响，结纳坂对缘渊头部的那一击，并不足以使他当场毙命。

看到朋友趴在地上，头部血流如注还在垂死挣扎，结纳坂马上明白自己失败了——一时之间“应该再来个致命一击”与“应该马上叫救护车，当作一切都没发生过”的想法在心里势均力敌，但他很快否决了后者。

用钝器重击缘渊头部的那一刻，缘渊已经不是结纳坂的朋友了——这家伙绝不是心胸宽大到会原谅这种事的圣人。他打破的不只是缘渊的头，还有他们的友情。事实上，他只有“杀人未遂”与“杀人”两种罪状可以选择——既然如此，“一不做、二不休”就是他无法挽回的结论。

无法回头的他，做出了无法挽回的结论。既然做出了结论，就应该给那家伙致命一击，有多快给多快。

应该让缘渊从濒临死亡的痛苦解脱——明明自己就是造成他痛苦的人还真敢说，实在是太自私了——但这却也是结纳坂真心无伪的想法。

他相信，如果能压抑不想伤害对方的自我，给奄奄一息的合伙人致命一击，绝对是件“好事”——但直到最后，他还是没做这件好事。

他眼睁睁看着昔日的友人慢慢地断气，直到最后的最后那一刻——他并没有“为他送终”这种值得赞扬的心情（就算有，也不值得赞扬，而是自私到了极点），但也不是单纯下不了手给他最后一击。

结纳坂之所以没给他最后一击，是因为濒临死亡的缘渊用自己头部伤口流出来的鲜血——用自己的手指开始在地板上写字。

所谓的死前留言。

（呃……）

结纳坂看他那样子——无语了。

即使不爱看推理小说的结纳坂，也知道什么是死前留言——照常理想，身为凶手，绝不可能让那种东西留下来。

他原本想伪装成强行闯入的强盗干的好事——不打算多做任何多余的手脚，而是想塑造出毫无关系的小偷临时起意闯进缘渊家，刚好在家的主人惨遭杀害的故事，所以结纳坂把重点全都放在消除自己曾经登场的迹象。

也因此，更不能让缘渊留下任何信息。就算没有直接写出“凶手是结纳坂”，一旦被他留下足以暗示这一点的文字，转眼之间就会露馅了。当结纳坂发现垂死的过去好友似乎在写什么时，当下的心情其实想赶紧置其于死地。

但是。

（呜……呜呃……）

他下不了手——他不能下手。

其实，倘若缘渊写下的是结纳坂的名字，或者是露骨地暗示犯人就是他的信息，结纳坂肯定会毫不犹豫地痛下杀手吧——应该会受到原始的自保欲望驱使，将理智及情绪全都抛到九霄云外。

然而，结纳坂却没有这么做。

因为缘渊用颤抖的手指写下的，是这样的一串文字——

圆的和方的关系不太妙

倒三角形的话过分亲昵

如果是直线又很爱示好

（……）

昔日的友人写到这里，咽下最后一口气。

根本不用给他致命一击。

虽说是使出最后的力气，这个死前留言也太长了，结纳坂甚至担心起缘渊到底要写到什么时候，但当他察觉缘渊并不是在写下自己的名字之时，却也没有任何行动。

动弹不得。

这段宛如暗号般的文字令结纳坂动弹不得。

这并不是“辞世之诗”——不是五七五七七那样的五句绝命词。

应该没有人会擅长用手指头，而且还是沾着鲜血的手指头来写下信息，再加上写字的缘渊已经奄奄一息，他的字迹只能用“凌乱”两字来形容——自己是否真的看懂了那几个笔划较多的汉字，结纳坂也没什么把握。

然而，看起来就是只写了这些——但因为只有这些，所以也看不懂是什么意思。

即使看得懂文义，也不懂他的用意。

仿佛是在阅读什么复杂的法律条文，看不见基准在何处。

为了防止凶手把死前留言擦掉，死者运用暗号留下信息——这是推理小说里的基本套路，但是就一个不甚热情的读者角度来看，结纳坂认为这种故事根本是纸上空谈。

因为他觉得不管有没有转化成暗号，一旦发现被害人在写什么可疑的文字时，凶手为求慎重，一定会把那些字擦掉才对——可是当自己实际面对这种情况时，他却无法擦掉写在地板上的血书。

这当然也蕴含了冷静的判断——担心这种毁灭证据的行为反而会留下新的证据——可是要说的话，这只是附加的理由。

留在地板上的这段文字，的确可能是指认结纳坂的暗号——只要是人，百分之九十九都会这么想吧。甚至应该直接这么认定，做好该做的风险管理。

然而他却无法不去思考剩下那一分的可能性，搞不好……

（一旦解开暗号，的确可能会出现我的名字。可是，搞不好——）

（搞不好会是我梦寐以求的保险箱密码——）

保险箱密码。

那二十五个数字，也直接关系着他杀人的动机。

4

在那之后的发展，则完全没能照着结纳坂想象的剧本来走——虽然有些事幸好不照剧本走而得救，也有些事因此变得非常棘手和麻烦。

之所以说得救了，是来自对于罪恶感所作的反思——亲手杀死多年的知己，虽然是下定决心只剩这条路可走、做好心理准备的犯罪，但是也不难想象，之后应该会遭受极度强烈的后悔折磨。比起早就没什么联系的家人更为关系紧密的合伙人——结纳坂不认为自己杀了缘渊还能保有正常的感觉，他曾以为自从犯下重罪的那一夜之后，自己将会彻头彻尾地改变。

然而，结果却没什么变化。

很意外地，自己仍然是以前的那个自己——从某个角度来说，这令他感到惊讶。直到动手前一刻的内心纠结就像假的一样，“什么也没变”——或许不该把“百思不如一试”这句俗谚套在取人性命的时候，但自己可能在内心深处把“杀人”这个行为，想象得太过于戏剧性也说不定。

事实上，对结纳坂而言，“杀人”什么的行为也只有在电视上看过，对其会有戏剧化的想象也不难理解，然而，当自己真的杀了人，才发现这只不过是一种行为。

就不过是这么一回事——吧。

只是做了自己觉得是好的事、认为是对的事——既然如此，就不可能有丝毫的后悔。

即使杀了人，自己还是自己——也许结纳坂原本就是一个杀人不眨眼的人，根本不需要调整心态。

纵然不管这些，或许是因为比起后悔还有更应该思考的事，才能让他保有自我也说不定——必须对于缘渊写下的死前留言进行解析。

说到无法按照剧本来走的失算，变得非常麻烦的就是这件事。最后，结纳坂完全没去碰死前留言——既没有擦掉、也没有涂掉，就这么离开了缘渊家的客厅——离开了命案现场。

他也没有写下或拍下死前留言——以临死前的留言来说，这段文章是长了点，但也没有长到背不下来，这样的话，就不该轻率地留下记录，免得在日后导致“记录成为证物”的发展。

无论如何，对于感性的结纳坂而言，解析暗号根本是不可能的任务——如果是单纯猜谜或脑筋急转弯就算了，他不认为自己有本事解析暗号。

那，干脆把这个任务交给专家吧——这是结纳坂在当下做出的判断。

——专家。

身为犯罪者，结纳坂决定把这件事交给调查的专家——也就是警方。

就算特地从现场偷走财物，费尽心力伪装成强盗杀人案，警方也不可能不来找既是缘渊的朋友，又是公司合伙人的结纳坂问话——到时再反过来问他们那是在写什么就好了。

重视人与人之间的联系及关系的结纳坂在遇上难题，感觉凭借一己之力无法解决事情的时候，并不会排斥向他人求教——即使对象是对于现在的他而言等同天敌的警方，也并不例外。

不过，这就是他的失算。

真是做梦也想不到的发展——原本他担心的，顶多只有“解开暗号发现果然是在指认结纳坂”的状况而已。

这也算是很自然的状况，当然结纳坂也已经想好那时候该怎么应付——暗号可以有无数的解释，所以就算无数分之一的解释出现自己的名字，也能找到借口开脱。

当然这么做有非常大的风险，但结纳坂认为自己想取得的东西，就是值得冒这么大的险——只要有一丝能导出那二十五个数字的可能性，他就敢毫不迟疑地把死前留言交给警方判断。

然而，现实无法尽如人意。

就跟他把杀人想象得太过于戏剧性一样，尽管结纳坂在心中暗笑死前留言不过是空谈，但实际上他仍然太重视——太过于重视其存在。

总之，警方对死去的被害人缘渊拼着最后一口气写下的死前留言，似乎不怎么感兴趣。

刚开始，结纳坂还以为警方是步步为营，才会对于相关人士隐瞒死前留言的存在——像是在侦讯时，刻意隐瞒“只有凶手才知道的事”那样。

身为真凶，当然他也曾经设想过这个状况，可是实际状况却并非如此。当他左思右想该怎么问才能不让人起疑、不着痕迹地套出警方的话之时——

“对了，结纳坂先生。”

来到公司，长相言谈都与他那副方形眼镜极为相称，自称钝磨的警部竟然淡淡地——仿佛只是顺带一提地挑起这个话题。

“——缘渊先生好像留下了这么些文字，您有什么头绪吗？”

（我才想问呢……）

结纳坂心想，这该不会是在试探自己吧——结果并不是。当他回答“没有任何头绪”“完全搞不懂那是什么意思”之后，对方居然就轻易撤退了。

“这样啊。也好，反正也不是什么大不了的事——”

这种认知的落差令他心急如焚，但是在强装平静的应讯过程之中，终于也捉摸到了对方的心态——双方对于“死前留言”的认知似乎天差地别——想来，这也是当然。

如果是在推理小说的世界里，死前留言通常会被当成决定性的证据，对凶手而言，也是致命的证据。虽说并不是凶手留下的证据，而是被害人留下的——但是如同光凭自白无法定凶手的罪一般，单靠被害人的片面之词也无法定凶手的罪。

就算缘渊直接留下“凶手是结纳坂”的信息，当然足以成为呈堂证供，但也不能光凭那样就判结纳坂有罪。

结纳坂根本无需去准备什么“无数分之一”这种肤浅的借口。

而想必是在意识不清、混乱至极的情况下写的死前留言能具有多大的可信度，实际上也还是个问题。

一个搞不好就是冤案的温床。

所以警方在搜查时，虽不至于无视那则留言，但似乎也没怎么看重——甚至还有点心怀“万一真有什么意义，等抓到凶手再问他就好”的感觉。

这也太乐观了吧——一股宛如是有感于社会之不公不义的不平让结纳坂瞬时怒上心头，不过若把他个人的问题摆一边，想想倒也不是不能理解。

的确，被八卦节目拿来探讨的那些真实案件，里头偶尔是会出现类似暗号的玩意，但也从未听说那是破案的关键。

节目中从内行人到外行人各自提出一套看似有模有样的解释与分析，最后顶多就是得到一个“没什么太大的意思”的结论——“解析暗号就等于掌握住局势关键”这种事，只会发生在战争里。

可想而知，考虑到成本效益，检察机关不会有那个闲工夫来追查这种“或许真的没什么意义，即使有也不足以成为证据”的死前留言。只是身为无法置身事外的当事人，可是没办法看得那么开地还去计较性价比。

不管结果如何，就算最后会出现自己的名字，他也希望能解开暗号——而光凭这点，也足以证明结纳坂绝非“受到推理小说的不良影响才杀人”的犯罪者。毕竟世上肯定没有哪一本推理小说里的凶手，会偏偏硬要缠着警方说什么“我想那个死前留言一定很重要，请务必解开”之类的——虽说钝磨警部似乎已经完全认定这么要求的结纳坂，一定是个无可救药的推理迷。

对他而言真是个天大的误会，而这个误会，又将结纳坂带向下一个命运的转折。

先不管那是不是一件幸运的事——

“我知道了啦。既然如此，结纳坂先生，我介绍个专家给您认识吧。”

钝磨警部面露不耐，这么对他说。

介绍？

介绍人与人认识，分明是结纳坂公司的业务才是。而且——专家？他满心以为专家就是警察——不过的确，“调查犯罪”与“解析暗号”似是而非，或许该说是完全两回事。

这样的话，所谓解析暗号的专家，指的又是什么人呢？

“是侦探啦。”

至此，钝磨警部第一次面露微笑——怎么？明明是要把烫手山芋整颗扔给别人，这态度怎么还似乎有点洋洋得意。

“我会把私家侦探掟上今日子小姐介绍给您。”

5

“您好，我是私家侦探掟上今日子。”

满头白发的女性这么说着，出现在公司的会客室里。她比想象中还要年轻得多，令结纳坂吓了一大跳。当然，因为从事这行，他过去也见过各式各样出乎意料的个性人物，还不会笨到用从外表或年纪去判断别人的能力，但是同样地，他也很清楚第一印象的重要性。

根据这些经验运算出来的结果，结纳坂对眼前深深一鞠躬的侦探暂时给了一个“无从揣测”的评价——实在摸不透她的底细。

虽然挂在脸上的是温柔微笑，但却又难说是平易近人，即使同样都戴着眼镜，也跟钝磨警部不太一样，并没因此酝酿出知性的氛围——反而仿佛是借由戴眼镜，让一片坚固的玻璃隔在两人之间。

配合结纳坂“不想让人知道自己找侦探来”的要求，侦探穿着灰色的连身运动服，打扮得像是个货运公司的人来找他。对于她的乔装打扮，结纳坂不得不说句难听的——穿这种老土的运动服，看来还如此时尚是怎样。

（这就是……）

（这就是——“忘却侦探”吗？）

起初，对于钝磨警部介绍私家侦探给他的提议，结纳坂是面露难色的。不管钝磨警部是基于好意，还是只想甩掉他这颗烫手山芋——这个建议都让他缺少兴趣。

即便不是结纳坂心里有鬼，也是如此吧——如果是属于公家机关的警察也就罢了，对于要让私家侦探这种民间业者，得知相当于攸关公司命运的机密信息而心生抗拒，也是身为经营者再自然不过的反应。

“您不用担心。”钝磨警部却向他打包票，“无论是什么样的委托、什么样的咨询，今日子小姐都会在当天就把内容都忘掉——今日子小姐可是一个记忆只能维持一天，绝对会遵守保密协议，如假包换的忘却侦探。”

真的有这种人吗？首先，只能维持一天的记忆，还能从事侦探这一行吗？结纳坂当然不免感到狐疑。然而，他也有透过工作锻炼出来的调查能力——一查就知道忘却侦探的确是位名人，只是他刚好没听过而已。

不，结纳坂之所以截至目前“刚好没听过”这个人，其实也可以说具有某种必然性。重视人与人之间的关系，以拓展人脉及人际网络为经营理念是“缘结人”的主义和主张，与她个人经营的置手纸侦探事务所的招牌“保证将工作内容全忘掉”这般等同于“将人与人之间的连结与缘分用过就丢”的行事风格，可以说是完全对立——正好相反。

与其说是油水不溶，不如说是水火不容。

要是没发生这件事——要是警方没有居中牵线——忘却侦探与人脉公司的社长大概永远都会是两条并行线吧。

因此，一方面出于好奇心，另一方面也基于“说不定经由这份缘分，以后还有机会合作”这种工作上的别有用心，结纳坂才会请钝磨警部把侦探介绍给他——当然最大的目的，还是为了解析副社长留下的暗号。

既然她会忘了在这里谈过什么，那么就可以跟她商量些不方便跟钝磨警部提到的事——就算没这么理想，侦探也跟律师一样，即便告诉她一些对公司不利的内容，应该也会基于保护委托人的权益，不可能特地去告发他。

当然，如果是“杀人”则又另当别论，但是与钝磨警部交手之后，结纳坂几乎已经不担心解开死前留言可能会出现自己名字的问题——因为死前留言远比他想象中更不具证据效力。

相较之下，结纳坂更希望能快点找到答案——纵使没有答案，至少也要有个结论。

只要能搞清楚那不是保险箱密码，他也可以死心，把这件事放下。

从这个角度来看，忘却侦探今日子小姐可以说是再理想不过的侦探——因为她还同时保有“最快的侦探”这个称号。

无论什么案件都会在一天以内解决——最快的侦探。

也对，因为不管接下什么委托，她都会在一天以内忘记，也必然无论什么案件都得当天解决——这个必然性对结纳坂来说，真是谢天谢地。

真的有办法在一天以内,解开结纳坂很快就放弃研究的这组“副社长留下的暗号”吗？仔细想想还挺令人怀疑……

“那么，事不宜迟，自我介绍就到此为止吧。结纳坂先生，可以先让我看看那个暗号吗？”

事实上，今日子小姐果然是迅速果断——或许因为结纳坂是经由警方介绍的，让她认为不需要再浪费时间彼此试探。

平白无故被怀疑固然敬谢不敏，但是做贼心虚还被怀疑就更避之唯恐不及，所以这样的判断与效率真是求之不得——不过为求谨慎起见，有件事还是得先问清楚。

“呃，今日子小姐，听说贵公司绝对不会违反保密协议……”

“是的。因为一到明天就会忘记。还请您敞开心胸，畅所欲言吧。”

“……我想多少会提到一点敝公司见不得人的内幕。我已经知道你到了明天就会忘记,但是你能保证在明天以前一定会保密吗？”

“我不能保证哦——这个嘛，就请您好好享受这一点点的刺激吧。”

她半开玩笑地说道。

不过这么说，反而让他觉得可以信任这个人。

“可是请您放心，我是金钱的奴隶。只要该收下的东西收到了，就会遵守保密义务。”

……这下又让他觉得此人完全不可信了。不过，想到置手纸侦探事务所比行情高出许多的价码，可信度先放一边，这倒是增添了几分真实性。

结纳坂下定决心。

他从口袋里拿出一张照片——那是向钝磨警部借的现场照片，也是缘渊家客厅的照片。当然，里头并没有缘渊的尸体，只有其死前写下的留言。

结纳坂原本以为警方不会随便把这种照片给外人看，没想到钝磨警部却非常干脆地把照片借给他，可见钝磨警部打从心底不把这个死前留言当作一回事——或是这个警部对于今日子小姐打从心底信赖有加。

无论如何，这也使得他可以像这样把自己不敢拍下的死前留言照片交给侦探，所以结纳坂感觉局势站在自己这一边——只要今日子小姐接下来能顺利解开暗号的话。

“嗯……”

今日子小姐接过照片，拿起来用天花板的日光灯透着光瞧——看她那个样子，活像是在鉴定照片本身的价值似的。画质那么好的照片，用不着凑近凑到都要贴上眼镜镜片，也能辨认那些字吧——结纳坂心想。但今日子小姐却仔细端详到几乎执拗的地步，不仅变换角度，还翻到背面，一下用右手拿，一下换成左手拿，不停地检视照片。

“你，你看出什么了吗？我在猜，这是否意味着二十五个数字……”

虽然有些露骨，但结纳坂熬不住沉默，像是想要诱导侦探似的说出了这句话。即使一再告诉自己不会有事，但实际面临这种情境时，还是会感到不安，会担心是否会从暗号里解析出自己的名字。

不要紧。

只有被害人的控诉——是毫无意义的。

仿佛咏唱咒文般，他又在心里念起这句在脑中重复过好几次的话。

“还给您。”

今日子小姐终于把目光从照片移开——或该说是把照片移出视线之外。她就这么将照片还给结纳坂。虽然感觉她注视着照片良久，但是在拿回照片时，结纳坂发现时间只过了短短十分钟左右。

才过了十分钟左右……该不会在这短短十分钟里，她已经解开那个暗号了吧？

要是那样——即便号称最快，也实在太快了。

“呃，那个……今日子小姐。”

“我想请教您几个问题。”

今日子小姐竖起手指，仿佛是要阻止忍不住探出身子的结纳坂。

“您口中的二十五个数字，是保险箱密码或是什么认证码之类吧？”

真敏锐。

果然诱导得太露骨了吗——可是，她之所以会问这种问题，莫非也表示那个暗号符合结纳坂的期待吗？

可以的话，他实在不想交代得太清楚，只是看样子，似乎不能如他所愿——虽然到了明天她就会忘记，但是要把与杀人动机有直接关联的内幕告诉侦探，还是令他颇为踌躇。

然而，既不想亮出自己手中的王牌，又想问出暗号的答案，实在也想得太美了。

“你猜得没错，是保险箱的密码——我猜如果缘渊要留给我什么信息，或许就会是保险箱密码，所以才会这样委托今日子小姐。”

结纳坂说到这里，瞥了会客室的门一眼。

“如果有需要的话，我稍后可以带你去看……副社长室里有个大型的保险箱，知道那个密码的，只有缘渊一个人而已……啊，不过如果那个暗号是揭露杀害缘渊的可恶凶手是谁，我也认为委托你来很有价值……”

结纳坂最后特地补充的一两句话，可能是听起来真的太假了，今日子小姐对此毫无反应——算了，比起被当成杀人犯，还是被当成只考虑公司利益的冷酷企业家比较好一点。

“虽说是保险箱……但里头并没有我家主人对吧？”

“你家主人？”

结纳坂愣了一下，一时间不明白她所指为何——大概是指“钱”吧——她可能认为直接说出钱这个字很没有素质，但是这种说法其实更加下流。

“如果是因为里头有什么贵重物品拿不出来，只要叫保险箱业者来把保险箱破坏掉就好了——既然有不能这么做的隐情，就表示您刚才所提到的贵公司‘见不得人的内幕’，就是锁在保险箱里的东西吧？至于您的委托，是要我暗地里把那些东西拿出来吗？”

“啊，嗯……对的。”

他只能点头。

如此肆无忌惮地一语道破别人心中事，与其说是又快又犀利，不如说她实在让人很不舒服——而若说这些话是她理性思考的结果，更是难以置信。

结纳坂也属于直觉型的感性人物，所以他很清楚——这个侦探是靠感觉看穿一切的。她只是把想到的事全部讲出来，就算猜错也无所谓。要说随便也挺随便的——即使是随便的推理，只要能借此窥探结纳坂的反应就够了——这才是她的盘算。

原本就没有掉以轻心的空间，如果在此粗心大意，不管死前留言怎样，可能都会被这个女人看穿眼前的委托人就是杀人犯，所以结纳坂重新绷紧神经，心不甘、情不愿地说。

“保险箱里的东西是名册。”

心不甘、情不愿是他真实的感受，但结纳坂刻意地表现得夸张了些——这是低调地想强调除此之外，再也没有其他亏心事了。

可能是小心机，但也是必要的小心机——要说粗心大意，竟然把侦探请到公司来就已经够粗心——但已经来到这里，也不能再回头。

“事到如今，不用再说明本公司的业务内容了吧？我们是为了搭起人与人之间的桥梁，提供各种人脉网络的中介业——当然也掌握了许多人的联络方式，甚至可说本公司最重要的业务，就是想办法弄到人们的联络方式。”

“原来如此。所谓的‘名册’，可以想作是将那些联络方式整理下来，类似通讯簿的东西吧？因为是重要的个人隐私，也是企业机密，所以不想让外人看到或碰到。是这样吗？”

如他所料，今日子小姐也似乎并不是真的看穿了一切，问了有点不着边际的问题——不，也可能是她故意这么说，借此观察他的反应。

要疑神疑鬼会没完没了——与其坐上勾心斗角的赌桌，干脆地亮出手中所有的牌还比较轻松。

没关系，反正到了明天，一切都会在忘却的彼岸。

“缘渊收在保险箱——藏在里头的东西，是以非法手段取得的名册。而我得澄清一下，我是不知情的。”

他不太想讲会让人听来像是在推诿的说辞，然而这句话也并无虚假——结纳坂是真的不知情。

他真的不知道自己信赖的副社长的一直以来都用违法——不然也是钻法律漏洞的方式制作“名册”，而且还用来协助公司建立关系。

身为领导者，不知情本身就大有问题，结纳坂也不认为自己可以佯称毫无所知，撇清关系——若问这事是好是坏，明明白白就是一件“坏事”。

也因此，他在知道这个事实时相当震惊，并马上质问合伙人——然而，缘渊却丝毫不认为这有什么不妥。

友人似乎完全没有做“坏事”的自觉——不仅如此，还一副认为这是为了让公司壮大的“好事”的样子。缘渊还主张之所以会染指非法行为、瞒着结纳坂到现在，全都是为了公司。

都是为了公司。

都是为了你着想。

友人说得振振有词，但结纳坂完全听不懂——无法解读他的意思。

缘渊的行为一旦公之于世，公司无疑会倒闭，而结纳坂也得跟着完蛋。他无论如何都想让缘渊明白事情的严重性，但他们的讨论始终没有交集。

鸡同鸭讲的程度非比寻常。

相较于认为光是持有那种名册就很危险，应该要马上处理掉的结纳坂，缘渊坚决不肯告诉他保险箱的密码。不仅如此，还继续筹划要如何取得更新的名册——因为已经被结纳坂发现了，他也不再遮遮掩掩。甚至还堂而皇之到了几近挑衅的地步——别说不在乎这件事公之于世会有什么后果，或许缘渊根本认为纵使把公司搞垮个一两次，也可以重新来过。

若真是如此——彼此的价值观已然相差十万八千里。

不管使出什么手段，结纳坂都想保住在缘渊的协助之下成立的公司——为了掩饰违法，甚至不惜做下犯法的决定。

甚至决定要杀死好友。

……即便如此，自己还是想过要给缘渊机会的。在用钝器敲破他的头之前，结纳坂先说了句“这是最后一次”，又再问了他一次保险箱密码。

但缘渊只是笑笑，不予理会。

大概是没想到自己会被杀吧——还是宁死也要保住名册呢？

结果，结纳坂的心情终究未能传达给友人——传达到的只有杀意。

因为痛下杀手，总算是成功阻止副社长做出新的违法行为，至于保险箱里的名册——违法行为的证据——让结纳坂钻牛角尖钻到甚至觉得只能靠自己打坏保险箱，别无他法。

但缘渊留下了那个暗号。

死前留言。

会不会是缘渊临死前痛改前非，愿意告诉他密码了呢？

这是非常自以为是、一厢情愿的想法，可是因为那个暗号，让结纳坂满怀希望。

保险箱密码之类的信息，本来就不是可以直接写下来的，更何况就连缘渊也有自觉，以社会常识来判断，里头的名册根本是违法物品。为了记住那二十五个数字，会想到将其化为暗号，也是极其自然。

至少比起垂死时才临时想出一个暗号的不自然要来得合理许多——之所以不直接写下数字，是因为临死之际的意识陷入混乱，还是想让不知情的人看了，也不会觉得这个信息有什么问题？这些只能靠想象了。

“我了解状况了。不过，我不会对缘渊先生的非法行为进行任何善恶的评价。我得说这与我无关——反正到了明天，我就会忘记。”

今日子小姐这么说。

不知道她心里怎么想。究竟只是装出一副基于专业、就事论事的样子，还是真的什么感觉都没有呢？结纳坂无从得知。

“无从揣测”的第一印象如今已逐渐变成“难以捉摸”。

“确认事项到此为止。那么，接下来就从‘暗号到底是什么’开始，来为您陈述忘却侦探的推理吧。用最快的速度，绝不拖泥带水。”

6

“首先最重要的是，无论是什么样的暗号，都是为了被解开而存在的——只有这个前提，不管发生任何事都不会有变化。这个案例虽然算是死前留言，但是基本上，所有的暗号都是要传递某个人的信息，这点请务必谨记在心。”

被忘却侦探要求“请务必谨记在心”，实在不知道该以什么表情面对，结纳坂只好露出模棱两可的微笑。

（信息……是缘渊要给我的信息吗？难道他是想说“公司就交给你了”吗？还是“接下来轮到你当坏人了”呢……）

“让我们按部就班地讨论吧——解析暗号的手法之①，假设暗号文本身有其意义的情况。”

“会有‘没意义的情况’吗？”

尽管像这样基于礼貌试着附和，对于没有半点推理细胞的结纳坂而言，这些讲解根本不重要，只一心希望她赶快揭晓答案。如果能推导出二十五个数字，他只想知道那个结论——可是，考虑到自己身为委托人的立场，也不能这么任性。

“有啊，当然有。”今日子小姐给了一个意外但也不意外的回答。“去检视字面上的文义到底是有意义，抑或是没有意义——想象一下诺斯德拉达姆斯的预言就可以了，恐怖的大魔王到底在比喻什么？安哥尔·摩亚又代表什么？当时大家不都是这样在解读那些文章吗？”

诺斯德拉达姆斯的预言——她居然搬出这么古老的东西来，让结纳坂大为傻眼，然而随即又想到这或许也是忘却侦探的特性。

知识及经验无法在脑海中累积，每隔一天就会被重置，就会像这样只能尽是拿出怀旧事物作例子吗——她不受时间这纵轴的影响。

价值观不连续。

（每天起床都得面对不同价值观的世界，会是什么样的感觉呢？……到底该怎么自我调适呢？）

结纳坂想着想着搞得脑袋有点打结，但是忘却侦探本人却毫不在乎地接着说：“若用这种方式来解析缘渊先生留下的信息……第一行的‘圆的和四方的关系不太妙’这句，会让人不由自主地想到‘化圆为方’对吧？”

化圆为方？那是什么东西？

总觉得好像听过，但一下子又想不起来——是学生时代的联考内容吗？

“就是限制只用圆规和尺，却要画出相同面积之圆形和四方形的作图命题啊！您不知道吗？这可是希腊的三大难题之一呢。”

“啊，原来是那个啊。”

结纳坂下意识地附和着，但实在说不上是真的想起来了。

“因为是三大难题，肯定很困难吧？”

“已经被证明是无解了。”

总之顺着她提出了个问题，只换回冷若冰霜的回答。解不开的命题——这有什么意义吗？当数学家们不断挑战解不开的命题，最后却只得证这些命题无解——“解不开”之时，心里究竟作何感想呢？缘渊留下的暗号，真的有像样的解答吗？结纳坂显得有些淡淡的不安。

“那，那么第二行和第三行，是代表着另外两个难题吗？呃……好像是任意角三等分……和……倍立方的体积问题……是吗？”

在脑子里翻箱倒柜地搜寻记忆之后，结纳坂如是说。

“我一开始也以为是这样。”

但是今日子小姐却摇摇头。

“虽然并非和歌五七五七七的五句绝命词，但是有押韵，主题也用图形一以贯之，看来也像是‘有意义的暗号’——就像藏宝图背面写着的‘骷髅头的左眼是什么意思？’之类的谜语般。然而，第二行的‘倒三角形’还勉强可以解读为在讲任意角三等分问题，可是要把第三行的‘直线’拗成立方体，怎么想都太牵强。”

即使文章没有意义，但若是等级够高的暗号，还是可以将文意处理到让人表面读来说得通——今日子小姐这么说。

验证式推理吗……

结纳坂已经有心理准备了，看来要花上点时间才能获得解答——虽说是最快的侦探，但看样子并非是因为专挑最短距离来走才会最快。

甚至感觉她似乎是连合乎常理的快捷方式都嫌弃——或可说是脚踏实地吧。

“接下来便是解析手法之②，假设暗号没有意义的情况。”

“……没有意义的话，不就也没有解答了吗？”

“不会的。如果有段看似没有意义的文章里频繁出现‘た’这个字，旁边又画着一只狸猫图案*的话……如何？”

居然还这么煞有介事地问“如何”——这么幼稚的暗号不用这样问我当然也知道——这跟化圆为方的程度也差太多了。

不过，结纳坂也察觉到她的言下之意。

这个侦探是在说，有些暗号的解析模式并不是去解读表面上的文意，而是要透过某种像钥匙般的解码法则，重整文章，方能使其展露出真意。

若要举一些单纯的解读法，像是“每隔四字取一字”“只取文章里的汉字”之类，或是像《伊势物语》里的“燕子花”那种“取每行首字”的藏头诗应该都是……想到这里，结纳坂又重新端详起

---

* 狸猫的日文为“たぬき”，“ぬき”音同“抜き”，为“拿掉”之意，所以狸猫图案是指把“た”拿到。

那张死前留言的照片。

当然，上头并没有画着狸猫的图案——如果是那么简单的暗号，就不用特地找侦探。

“说来在网络技术领域之中，也有用质数做为密钥，对密码进行加密的做法呢。”

结纳坂装得一副很懂地这么说。他虽然是单纯想延续话题，却没想到今日子小姐只是一脸茫然——她都知道化圆为方了，不可能不知道质数——那么无法瞬间与知识做连接的，应该是“网络”和“密码”吧。

这个人的记忆，到底是从什么时候开始无法累积的呢——他不经意地想到这一点。

说来，既然记忆无法累积，她要怎么知道自己是一名侦探呢？在记忆无法累积的状况下，要接收“自己的记忆无法累积”也不是件容易的事吧。

“至于解析手法③，则是字面上没有意义，但是能从笔迹或文具看出玄机的情况。”

结纳坂刚才心中的疑问，在今日子小姐挽起袖子的同时也真相大白。

她那细滑白皙的手臂上，用签字笔写着“我是掟上今日子。二十五岁，侦探。置手纸侦探事务所所长。记忆会在每次睡着的时候重置”。

原来如此，借由在自己的身上留下这种亲笔写下的信息，好让自己不至于失去自我。

倘若把记忆的消失视为某种死亡，这也是一种死前留言吧。

然而，她的智慧固然令人敬佩，但是这样的信息根本称不上暗号吧？简直直接到毫无转折，除了字面上的意义，也没有其他了吧。

“倒也不尽然。只要看笔迹，就能知道我在写下信息时处于什么样的状况。笔迹工整，应该就不是在走投无路时匆忙写下的。若用水性笔书写，就表示当时手边大概没有油性笔……如果‘事务所’的字体太小，可能是我对换行位置有些犹豫之类。除了文义以外，手写文字也是情报的宝库。”

笔迹鉴定——吗？

在数字科技全盛的时代很容易忘了这件事，先不管字美字丑，只有从手写字迹才能看见的信息是确实存在的。若说是暗号，也的确是暗号。

嗯。

换句话说，因为缘渊的死前留言也是手写——而且还是用血写的，所以存在着读取这层意义的空间吗？

要是如此，当时没拍下照片，只背下文章就离开现场的结纳坂，就成了世间少有的大笨蛋了——不过，就算这样看着照片，也完全没有任何灵感，顶多看这留言或许是写在临死前，笔迹凌乱觉得有些在意而已。只是，如果要拿这点来做文章也过分了些。

还是用了拿着像红色透明垫板之类的东西遮上去，红色部分就会消失显现出真正信息的那种玩意儿呢？很难想象遭到杀害的被害人在弥留之际，还能搞这么复杂的小动作……

“那正是解析手法④，为了解析暗号，必须用到其他实体道具的情况。这样的话，光是与暗号大眼瞪小眼，也是瞪到地老天荒都解不开。不能只看着照片，而是得审视包括情境在内的实物才行。”

“咦？是这么回事吗？！”

那就伤脑筋了——她该不会现在要去缘渊家的客厅一探究竟吧？即使结纳坂是缘渊的合伙人，应该也无法轻易取得进入命案现场的许可……而且他也不想再回到杀死好友的现场。

“为了网罗所有可能性，万一真有必要的话，也非得这么做，但是因为结纳坂先生已经给了我提示，范围就一口气缩小了。”

“因为暗号可以有无数的解释呢。”今日子小姐说道。不过结纳坂可不记得自己给过她什么提示。要是他有能耐给得出提示，早就自己找出解答了。

“您不是说了吗？二十五个数字。”

“哦……”

是那句发自不安的露骨诱导啊——如果她是依据那句话锁定

解答范围，或许是自己误导了专家的推理也说不定——结纳坂心情复杂。

就跟硬是牵强附会就必定能导出结纳坂的名字一样，故意把文章拆解分割搬来弄去，也不是不能掰出二十五个数字——可是，如果打不开保险箱，就什么意义也没有了。

结纳坂想要的不是数字，而是名册。

曾几何时，他的心情已经来到“为了不让缘渊白白送死，也必须打开那个保险箱”的境地，实在是愈发自私。

“所以呢？今日子小姐，你的答案是——”

“别急，因为区分解析手法的说明还没有结束。”

今日子小姐像是要安抚着急的结纳坂般说道——这暗号讲座还没完啊？他还以为能讲的类型都讲了，才正在心中松了口气。

“解析手法⑤。可能是暗号本身就是错的，或者是暗号不完整的情况。要解析这种暗号非常吃力——因为命题本身要是有漏洞，一本正经地求解是绝对解不开的。”

“有、有必要讨论这种例子吗？既然构成规则有误，原本就没得解释了不是吗……”

就像三大难题一样——“无解”就是解答。

“如果只是单纯弄错或不完整，当然没有讨论的必要，也没有探究的余地，但如果那是编写者意图而为的谬误，当然就应该纳入考虑吧。不仅是如此，甚至该说这才是重点。截至目前说明了各式各样的解析手法，其实早该拿出这一点来讨论。”

意图而为——是指故意的意思吗？

有这种仿佛刻意找碴儿的暗号吗——暗号难道不是为了被解开而存在的吗？不，倒也不是不可能。不是死前留言，而是死前留难——莫非缘渊借由留下毫无意义、却又像模像样的暗号，在九泉底下看着结纳坂被耍得团团转而暗自窃喜吗？如果是这样，那真是太恶趣味了，说不定一切都只是徒劳无功——结纳坂只是被迫花了一笔不必要的支出。

而这个自称是金钱奴隶的侦探，即使这暗号真的无从解析，想必也不会打折吧……然而，今日子小姐完全无视经营者的盘算，继续说了起来。

“至于为什么要故意制作这种完成度很低、生不出答案的暗号，则是为了给借由逐一验证，偶然取得正确答案的人吃闭门羹。”

还真是有如我的天敌呢——她说。

嗯……并不是坏心眼或故意找碴儿，而是给吃闭门羹吗？

“换句话说，如果是今时今日的计算机，遇上暗号这种玩意儿，只要逐一验证验算就能解开吧？即使是用质数来产生密码的点子，也只是‘需要花时间解开’而不是‘解不开’吧？”

姑且先不论忘却侦探口中的“今时今日”是什么时候，由于她若无其事地说出这么一段配合他时间轴的话，让结纳坂大吃一惊——可是在此同时，今日子小姐又补上一句宛如身在旧时代的台词。

“像是‘二战’时的暗号，一旦解码法则流入敌国手中，那后果可也是不堪设想了呢。”

今日子小姐那可以自由自在卷动时间纵轴的思维，让结纳坂不禁觉得此人仿佛视价值观的变动如无物。

（这个人……会是以什么作为区分“好事”和“坏事”的准则呢？）

大概是以金钱的多寡吧。

然而向钱看齐，毕竟是个从过去绵延至今的价值观，而且如果有钱就好说话，在身为经营者的结纳坂看来也算是容易驾驭。

“可是，把暗号做得不完整，为何就能防止机械式的全面解析呢？”

“因为人类能自行调节错误、补齐不全，但机械做不到。比如说缘渊先生留下的暗号所指的并不是二十五个数字，而是只有约一半的数字——您不觉得只要知道一半，就能猜测出剩下的另一半吗？”

嗯……以比喻来说十分具体，但也让人觉得还是有点牵强。明明只知道一半，怎么可能猜得出剩下的一半……

“就像要编写代表《源氏物语》的暗号时，刻意只写出指向上半部‘源氏’二字的暗号，借此故布疑阵那样吗……？”

结纳坂以自己的方式理解，提出自己的比喻——光说到“源氏”二字，一般人会联想到平家源氏的源氏。然而真正要指的是紫氏部的文学作品——需解析的不是暗号，而是解答。

可以说是两段式的暗号。

面对计算机的逐一验证时，两段式密码认证也似乎是有效的对策——托付于人性这点，着实是手法巧妙。即使解开了暗号，得到的也不是正确解答，而是错误的解答——对于结纳坂来说，这手法实在太复杂，根本无从着手。

如果缘渊留下的死前留言属于这种类型，不管是警察还是侦探，他把这件事交给专家的判断都是正确的。

“那么，今日子小姐，为了解开暗号的解析手法⑥……”

“啊，不，解析手法到⑤就结束了。”

今日子小姐一边对急着想要切进主题的结纳坂这么说，一边望向放在柜子上的时钟，确认现在时间——只是聆听忘却侦探解释何谓暗号，就已经过了将近三十分钟。

如果用来解开暗号的时间还不到十分钟，光说明就花三倍时间也实在太无奈——但是接下来似乎总算可以听到结论，这让结纳坂松了一口气——要说是庆幸，也像是想要赶快解脱的心情。

因此他才没注意到，她其实是很突兀地结束了解析手法分类的说明。

“我从结论开始说。”

如今才从结论开始说也太慢了吧。

“缘渊先生留下的三行诗，指的是十一个数字。”

“十一个数字？不是二十五个吗？”

“不是，是十一个数字。”

今日子小姐断言。

看她自信满满的态度——这么说来，刚才那些具体到不行的比喻，果然是因为有现实状况作为范本。

只是，居然不是二十五个数字而是十一个……别说是一半了，就连一半也不到。要从十一个数字推导出二十五个数字，怎么想都太勉强。

那不是什么不完整的暗号，也不是保险箱的密码——他不禁怀疑，难不成缘渊写下的，会是手机的号码还是什么的。

“不，我认为是保险箱的密码哦。当然，不实际试着开开看，也不能确定真相究竟是如何。”

虽然不明白那种自信是打哪里来的，既然侦探都这么说了，结纳坂想还是就姑且先听她说说那十一个数字是什么。

“我推测那首三行诗，原本应该是缘渊先生自己为了记住保险箱密码而构思的……”

结纳坂也这么认为。如果谜底肯定是数字，那么反推回来，的确做成暗号比较容易记住——就像用数字谐音去记住电话号码一样。

“……你从刚才就一直说这是三行诗，这真的是诗吗？如果是的话，就该像是解读诺斯德拉达姆斯的预言那样，文章本身就有其意义……”

但这是已经被排除的解析手法①——可是仔细想想，虽然诺斯德拉达姆斯的预言被解读得超耸动，却也是一个篮外大空心。

“不，我所说的‘诗’并不是这个意思。不过，解析手法①倒也不是全然不能作为解开暗号的线索。”

“嗯？……”

如果不是这个意思，那是什么意思？结纳坂很清楚，认识那么久的好友并没有吟诗作对的兴趣，正因为如此，他才会第一时间就认为那不是绝命词，而是暗号……

“不管是二十五个数字，还是十一个数字，只要知道暗号的答案是数字，就真的没什么了不起的呢……可以借我一支笔吗？”

因为她这么要求，结纳坂从记事本里抽出中性笔，今日子小姐用左手接过，取下笔盖，将缘渊的暗号——三行诗写在挽起袖子的右手臂上。

与写在左手臂的信息相同的笔迹。

比照片中缘渊的笔迹要来得容易辨识多了。

她该不会能左右开弓吧？正当结纳坂想着这些鸡毛蒜皮的时候，今日子小姐给写在自己手臂上的那三行诗加了几条斜线。

“这样就好懂多了吧？”

丸い／と／四角い／が／仲違い／

逆三角形／では／馴れ馴れしい／

直線／ならば／懐っこい*

“不，我完全看不懂……”

是要依照单字将句子切开吗？纵然如此，他还是不明白她的用意——或许变得比较容易阅读，但是感觉并没有变得比较容易理解。

“……我刚才之所以用‘三行诗’来形容，是因为这是‘piem’呀。”

仿佛是为了给反应迟钝的委托人一个台阶下，今日子小姐又追加补充说明了一句。“piem”？什么跟什么？难道是“诗”的其他念法吗？

不，等一下……piem？ pi？

π？

---

* 以上为“圆的和方的关系不太妙

倒三角形的话过分亲昵

如果是直线又很爱示好”的日语。

“咦，所以这个是……圆周率？”

“没错。圆周率诗。也就是 3.14。”

今日子小姐嫣然一笑。

“也可以说是 3.1415926535。”

7

まるい（3）／と（1）／しかくい（4）／が（1）／なかたがい（5）

ぎゃくさんかくけい（9）／では（2）／なれなれしい（6）

ちょくせん（5）／ならば（3）／なつっこい（5）*

8

先从诗句里切割出单字，再将单字里的汉字发音转换回平假名，接着计数各单字发音的假名数量……就能得到“31415926535”。

“谐音”算是极为接近的答案——实际上，日本人确实常用这招来记圆周率，把数字谐音整理成类似“山巅一寺一壶酒……”这样的诗句来背诵。

* 以上为上述日语的假名写法。

而在英语圈里，也听过利用单字的拼音、字母数来背圆周率的方法——虽然结纳坂是第一次听到“圆周率诗”这个名词，但他很快就联想到，这恐怕就是用于指称“为了背诵圆周率而写的文章”的专有名词吧。

缘渊只是改用日文来做这件事，说穿了的确没什么了不起的。

如此一来，即使拆解出来的数字只有不到一半的十一位数也足够了——其实就算只有一半的一半也很够了。

即使结纳坂记得的圆周率仅到小数点以下四位数，但只要动手查一下，管他是小数点以下二十四位数还是一百位，马上就能找到答案。

暗号不用设计得很精巧，只须让每个单字发音的假名数量与圆周率的数列相符，大概能看出无法以“巧合”一句带过的程度就够了——约略能让人想起保险箱的密码是圆周率就行了——真要说的话，一切不过都是在好玩的范围内，算是赤子之心的产物吧。

“倒也不尽然呢。该说是用心良苦吗……刻意让诗停在十一位数，而不是二十五位数的用心，只能说是太了不起了。再加上……”

“再加上？”

“再加上……没什么。”

结纳坂不知道她在打什么马虎眼，但是既然答案已经昭然若揭，他也认为小事就不要再计较。

身为实际认识缘渊的人，结纳坂觉得今日子小姐对缘渊的评价也实在是过高了些——那家伙只是单纯想不出十一位以后的数字怎么成诗吧。

“对了，今日子小姐，你知道圆周率的小数点以下第十一位和第十二位的数字吗？”

“是8和9。”

那就没错了。

可以说是让“想不出怎么成诗”这个假设板上钉钉。

要将八个音和九个音的日文单字自然地连接起来是不可能的任务。

“是呀。实际上，要用日文编写出圆周率诗是非常困难的。虽说汉字是表意文字，也不是不能再把‘丸い’拆开成‘丸／い’、把‘逆三角形’细分成‘逆／三角／形’……但是坦白讲，用谐音还比较容易记。”

今日子小姐讲话毫不留情面。

“不过，会用‘圆的’作为第一个单字，应该就是打算作为圆周率的线索才是——这点符合解析手法①。所以说，若是由直觉敏锐的人来看，只消两秒就可以解开这个暗号吧。”

两秒是讲得夸张，不过这的确蕴含着提示——但也不能光是在这佩服。

而且，这个答案是否正确也还未可知。如果不实际亲手把这组密码输入保险箱里看看，仍然无法放心。

正当结纳坂这么想，准备从沙发上站起身时，会客室的门无预警地被打开了——是谁连门都不敲，这么没礼貌？回头一看，竟是钝磨警部。

知性眼镜男。

钝磨警部是缘渊良寿命案的调查主任，也是把忘却侦探介绍给结纳坂的人——然而今天的他，感觉跟以前来问案的他又完全不一样。

想当然耳，钝磨警部应该也是依循正当程序、完成参访手续走进这间会客室的，但是警察却没有先约个时间就现身，显然非比寻常。就连带钝磨警部前来的公司职员，也显然一脸不知所措。

跟在钝磨警部身后的那群人也都是刑警吗……？他们的神色看来个个不寻常，至少完全无法让结纳坂感受到友善的气息。

“是我事先拜托他们来的。”今日子小姐对于警方登场丝毫不为所动，开口说话仍是一派轻松。“是我拜托他们，如果我进了贵公司过了三十分钟之后都没有主动跟警方联络，就请到会客室来找我。”

她在说什么啊——这根本是比暗号还充满谜团的坦白。什么跟什么？

所以她刚刚扯那些解析手法就是迟迟不交代暗号的解答，其实是为了拖延时间吗？

结纳坂也觉得以她享有最快侦探的美名，却九弯十八拐地讲个没完是有点怪怪的……说来她还一直注意着时钟？是在等待警方的到来吗？

为什么？

……为了告发我吗？

“你……你违反了保密协议！”

结纳坂大声叫嚷——虽然他很清楚再怎么大叫大嚷，也改变不了什么。

怎么会这样。

是自己太愚蠢了，竟然会相信什么‘绝对会遵守保密义务’的鬼话——仔细想想，即使是同样具有保密义务的医生，一旦有受刀伤或枪伤的人进来挂号，也有义务要向警方通报。

然而，结纳坂却一五一十地把名册的事、缘渊的事全交代清楚——因为她说到了明天就会忘得一干二净——不，等等？

提到名册是在今日子小姐进了这间会客室之后的事——她不可能因为要告发名册的存在而“事先拜托他们”。

“我并没有违反保密协议哦。违反的人是您——结纳坂先生。是您——自己主动抖出了秘密。我可是乖乖遵守着协议，是你没有保护好自己。”

今日子小姐一副事不关己的样子，说着更让结纳坂摸不着头绪的话。

——我到底做错了什么？如果侦探能够“事先拜托”警方……那她察觉的就不是名册的事，而是杀人的事？

可是缘渊的死前留言，明明没有指向结纳坂——

“只要有暗号，就算不是解答，也能揣测出题者的意图。”

今日子小姐像是在解释语文考卷的试题一般。

又或许像是在解释法律条文一般。

“这个时候，应该要思考缘渊先生的动机——为何要写下死前留言？至于圆周率呀密码什么的，其实都不是重点。”

（什么为什么？不就是为了把密码告诉身为好友的我吗……）

难道不是吗？

要说不是，还真觉得怎么会不是——既然都解出了数字，就表象看来，也只能解释成为了传达密码给自己以外无他，难道缘渊的意图不在此吗？

“要说我是推理小说看太多了也罢，但是照正常来想，死前留言这玩意儿，应该还是要看作死者用来指认凶手的信息才对。不过，来自死者单方面的指认，的确也是缺乏证据效力呢。”

这时，今日子小姐望了钝磨警部一眼——要说是互使眼色，那视线看起来倒是有点见外。

啊，说来……

因为是钝磨警部把今日子小姐介绍给他的，所以结纳坂很自然地把他们当成“共犯”，但是看在今日子小姐眼中，钝磨警部也不过是今天“初次见面”的对象——忘却侦探无法与任何人建立关系。

“所以缘渊先生不是用死前留言直接指出犯人——而只是留了下暗号。暗号答案本身根本不是重点，因为‘暗号可以有无数的解释’，要怎么解读都可以。但是……”

今日子小姐将视线转向结纳坂——那从镜片内侧看出的视线虽然平静，却依然让人感觉有段距离。

有段遥远的距离。

“结纳坂先生，只有您对这个暗号有反应。”

“呃……！”

“由于您想确定暗号的解答，反而让我们锁定了您——这就是缘渊先生留下死前留言的意图。我听钝磨警部说，只有您一个人对死者留下的三行诗有反应，也因此来委托本事务所调查，那时候我马上就想到了——或许您就是杀害缘渊先生的凶手。”

留下暗号不是用来指出凶手。

而是用来凸显对暗号有反应的人。

她是说缘渊那家伙在濒死之际，还能想到这种事吗……结纳坂虽然觉得荒谬，但这个解释确实也是比较有说服力的“意图”。

至少比起那个男人在濒死之际，还有心想要回报这段友情——不计前嫌想要把密码告诉杀死自己的凶手——那样白日做梦的解释更有说服力。

要真如此，结纳坂去逼问警察、找侦探，自动自发忙个不停的结果，只是完全违反了名为“自保”的保密义务。

并不是来自被害人的告发。

这更像是加害人主动自白——等于是他自己率先为明明不具证据效力的死前留言背书。

并非在言谈中露出马脚，而是在解答时不打自招。

跟被朋友逼着自首无异。

（冷……冷静下来。目前还没有任何物证。钝磨警部这样失礼地闯进会客室，只是为了要对我施加压力，不代表他已经拿到拘票——）

当结纳坂这么安慰自己时，今日子小姐总算缓缓起身，接着明知故问地如此说：“钝磨警部，副社长室的保险箱里好像有什么违法的物品，你要不要听听结纳坂先生的说辞呢？”

这句话毫无疑问地违反了保密协议——倘若她早就和钝磨警部谈妥了，那么这个会谈根本就像是卧底调查。

她是为了找出杀人的动机，假装接受委托的——结纳坂杀害缘渊的动机十分明确，一旦被锁定是嫌犯，终究只是个外行人犯的案，他也不认为自己能够挺得住肯定会比之前更凌厉的侦讯。

只能认罪。谁叫我中计了。

栽在缘渊——还有忘却侦探手上。

只是，吃了好友这一记回马枪，虽说能够接受一切都是自作自受，但仍然会想对今日子小姐抱怨个一两句。

“请不要用这种眼神看我，我才想抱怨好吗？由于我这次并非是接到警方的委托来出动，这下算是做白工呢。”

“既……既然这样……”

啊。原来如此。

所以她打从一开始，就没有遵守保密义务的意思。她说过“只要该收下的东西能收到”，但要是“该收下的东西不能收”的话……

结纳坂虽然已经理解，但还是不见棺材不掉泪。

“既然这样的话，你把暗号解开不就好了吗？何必要特地去揣测顺应缘渊的意图——”

“在听闻违法名册的存在之前，的确也有这个选项。可是一旦知道了，就不能装作不知道。我不是说过与我无关吗？你的关系与我无关，你的感受我也无感。我不能收你的钱。”

语气里没有丝毫怪罪之意，但也没有一点求情的余地。

今日子小姐摇摇头，轻描淡写地继续说。

“我是金钱的奴隶。我相信金钱是神圣又美好的东西，值得尊敬与被爱，既美丽又眩目。所以——”

就像在诉说对于无依无靠又无法建立关系，一切的一切都是不安定的自己而言，唯有也仅有“金钱”才能作为她唯一的基准——就算忘却，也不会有任何改变的普世价值观。

“这种脏钱，我一毛也不能收。”

9

接下来算是后话。警方最后还是以物理性破坏方式撬开“缘结人”副社长室里的保险箱——忘却侦探推理出来的二十五个数字结果并非正确密码，还是打不开保险箱。

透过事后解析，发现她认为“密码是圆周率”的推理本身虽然没错，但是缘渊良寿所制作的暗号其实又更上一层。

“3000000000000000000000000”。

这才是能够解锁、取出名册的正确密码——结纳坂在拘留所里，从律师口中得知这件事的时候，不由得面露苦笑。

（是啊……说来也曾有过说圆周率“大约是 3”的时代啊……）

随着纵轴、横轴与 Z 轴的位置不同，答案会一再变动。

因此，那家伙设计暗号不是为了传递正确答案，而是要误导解析者。

（这就是“大约是”吗……真是的，要告发别人还搞这套。）

就算找来的侦探能解得开暗号，也打不开保险箱——难道那家伙全都为自己设想好了吗？想到这儿，结纳坂似乎暌违已久地感受到，缘渊作为友人的那份情义。

好坏暂且不论，但这还真是使他不禁莞尔——让他承受不起的友情。

特别附录

忘 却 侦 探 相 关 报 告 摘 要 集

游泳选手溺毙案报告

撰文：肘折槛铁

死者——宇奈木九五

死因——电击死

（前略）于是乎，忘却侦探以不在场证明的证人身份涉入本案，严格说来，是以无法证明不在场证明的证人身份登场。这并不是偶然，是嫌疑人为了制造不在场证明，刻意利用年纪轻轻轻却满头白发，外表独具特色的忘却侦探所致。此举使得案情变得极为复杂，产生很多不必要的麻烦，从这个角度来看，我等调查组或许该感谢自己如此幸运，能因此意外得以借助忘却侦探的推理能力厘清案情。可是我也必须郑重附带说明，倘若嫌疑人没找上忘却侦探，而是找个普通人来制造不在场证明的话，当然想必也得花上一段时间来处理，但案情或许不会变得这么复杂。虽说在调查的过程中堂而皇之地睡大头觉实在是（中略）但是嫌疑人似乎从一开始，也有万一苗头不对就要远走高飞的打算，所以忘却侦探以最快的速度调查，仍可说是对于拘提嫌疑人到案起到极大帮助。此外，由于好像造成很多误解，特在此记上一笔，本人绝对没有看到忘却侦探穿泳装（后略）。

必要经费——交通费

甜面包

高功率吹风机

便当

红豆棒冰

泳装（白色连身式泳衣）

委托费（含税）

侦探时间——十三小时（内含睡眠时间）

“Nashorn”试衣间命案报告

撰文：远浅深近

死者——屋根井刺子

死因——遭钝器重击致死

（前略）到此总算要来提及协助本案调查的忘却侦探。我想强调的是，接受署长的委托，以时尚知识顾问身份出现在案发现场的她，几乎是独力看穿事情的真相，锁定嫌疑人并诱导其招供，顺利解决本案。本人站在现场指挥者的立场，实在应该深刻反省。至于忘却侦探对于密室命案之不同凡响的见解，则如同整理在本报告附件的内容所述，她的想法虽不见得可以套用于所有命案，或许仅仅是身为侦探的极端之见，然而在遇到走极端的案子时，可以想见应该会有所帮助。毕竟所谓密室这个（中略）最后再补充一点，这次是我第一次见识到忘却侦探的能力，虽然从头到尾都只是受到她的协助，但若能让曾经与她共同行动的我，以过来者角度提出严厉建言，我必须说应该彻底检讨用“担任时尚知识顾问”这种与案件无关的借口找她出来的做法。这样做成本恐怕反而倍增。不如从一开始就让她以侦探身份参与，还较能节省经费（后略）。

必要经费——“Nashorn”服饰（连身洋装、牛仔裤）

晚餐（意大利餐厅）

酒（自费）

委托费（顾问费用+侦探费用）

侦探时间——八小时

“缘结人”副社长命案

撰文：钝磨削

死者——缘渊良寿

死因——遭钝器重击致死

（前略）其后以自愿配合到案说明之名目，对社长进行侦讯的结果，可以说完全确定其涉嫌杀人。最终平心而论，我们这次或许还谈不上是铤而走险，但仍是走得相当冒险，即使这已经不是第一次，却又感觉再度被忘却侦探以花言巧语玩弄于股掌之间。说到“已经不是第一次”，忘却侦探面对可能是杀人犯的凶手依然毫无惧色，还与其孤男寡女共处一室的行动力，也不过是一如往常。她这种兵行险着的行为一天不改，我们也只能一直配合她下险棋吧。本人没有任何立场可以对庇护忘却侦探的警察厅高层说三道四，然而若执意要这样继续推她出来，希望也能拟订完善的安全对策，这是来自全体调查员的共同意见，惟请上级能确实体察。（中略）再补充一点供参考。“缘结人”在失去社长与副社长这两大创办人之后，纵使受到社会大众的抨击，但在留任公司的员工们通力合作之下，经营状态如今已渐有起色。或许不同于两个创办人的认知，真正让那家公司确实运作的不是他们，而是站在第一线的工作人员。（中略）此外，忘却侦探这次难得免费帮忙，对我们而言，明白她也有顾及社会正义的本能，则是非常可喜的发现。可是话又说回来，这次要是万一嫌犯先预付委托费给她的话，结果究竟（后略）。

必要经费——无

侦探时间——四十五分钟

写在最后

就像是谁都有把同样话题讲了好几次的经验一样，我想大家都有听人讲好几次同样话题的经验。这又可以分为两种情况——①对方忘记以前讲过。②对方记得以前讲过。或许你会想哪可能会有②的情况，但若是重要或有趣的话题，会想再三提及也无可厚非。当然，也或许是由于上次听众反应不如预期使然。像这样，想到讲的人居然只讲一次无法满足，还忍不住一提再提，听的人自然会想一听再听——实际上也会有“想再听你说一遍上次那个”，或是觉得第二次会讲得更好之类的因素吧。出乎意料伤脑筋的反倒是①，这可能会让人觉得“若忘了以前讲过，那内容会很重要吗？”而吝于倾听，甚至产生“连自己讲过都忘记，讲的人可能也不太在意吧……”的疑虑。然而，对照自己重复同样话题之时的经验，“忘记／没忘记”和“重要／不重要”应该不是重点。虽然我们会有“人不会忘记重要事物”的成见，但是很意外人们会去记得一些可有可无之事，反过来却把自觉重要的事全部忘光。因此就谈话礼节看来，无论实情是①还是②，即使察觉内容相同，都应当用首次听闻的态度面对。①的真正关卡，其实是讲话者“话讲一半却想起以前讲过”，于是被迫在以下选项里二选一——①就此打住；②若无其事继续把话说完。如果选①，让人感觉暗指听者也忘了，所以非得选②不可。这样一来，明明双方都记得，还得假惺惺地虚应故事。不过即使选①，仍有“听者也忘记以前听过”的可能——想那么多，就更搞不清楚真相为何了。或许彼此都忘了曾经讲过听过，反而最相安无事吧。对了，我是第几次讲这些了？

总之，忘却侦探来到第三册。第一章和第二章是写在第二册之前，于杂志《梅菲斯特》上连载的作品；第三章则是写在第二册出版以后，有点复杂，但忘却侦探应该早就忘了这些。看每一章的标题，会觉得侦探感挺强烈吧？能写出各种风貌的今日子小姐，我感到很开心。谢谢阅读《掟上今日子的挑战状》。

不能忘记的，是要向这次又把今日子小姐画得这么时髦的VOFAN，还有以最快速度出版最快侦探的“文艺第三出版部”的各位，再三致上我的谢意。不只是对过去一切的感谢，还有对所有未来的感谢。

西尾维新

第 23 届梅菲斯特奖

[日] 西尾维新

斩首循环

译者：

胡环

无私关爱他人是一种才能，与其他所有才能相同，不具备的话另当别论，具备却不施展和发挥实在是不应该。我，单纯老实，辨别不清生活中的谎言、伪装等事物。四月，陪同朋友玖渚造访某财阀千金居住的绝海孤岛。没想到受邀而来的访客皆是各个领域出类拔萃的天才，自己与他们相比简直判若云泥。经历了岛上的杀人事件，我深深感受到了“才能”这一概念的分量。而这，就是要讲给大家听的戏言。

《掟上今日子的挑战状》
绯华璃 译
中文简体字版 ©2020 年由北京时代华文书局出版发行

图书在版编目（CIP）数据

捉上今日子的挑战状 /（日）西尾维新著；绯华璃译. -- 北京：北京时代华文书局，2019.10
ISBN 978-7-5699-3206-5

Ⅰ. ①捉… Ⅱ. ①西…②绯… Ⅲ. ①长篇小说—日本—现代
Ⅳ. ①I313.45

中国版本图书馆 CIP 数据核字（2019）第 220424 号

北京市版权著作权合同登记号　图字：01-2019-2647

掟上今日子的挑战状

DINGSHANG JINRIZI DE TIAOZHANZHUANG

作　　者｜[日] 西尾维新
译　　者｜绯华璃
封面绘制｜VOFAN

出 版 人｜陈　涛
策划编辑｜黄思远　张录宁
责任编辑｜黄思远　康　扬
封面设计｜T-Workshop
版式设计｜刘艳秋
责任印刷｜刘　银　荆永华

出版发行｜北京时代华文书局 http://www.bjsdsj.com.cn
北京市东城区安定门外大街 136 号皇城国际大厦 A 座 8 楼
邮编：100011 电话：010-64267955　64267677　57735441
印　　刷｜三河市嘉科万达彩色印刷有限公司 电话：0316-3156777 0316-3159777
（如发现印刷质量问题，请与印刷厂联系调换）
开　　本｜880mm×1230mm 1/32
印　　张｜8.375
字　　数｜160 千字
版　　次｜2020 年 2 月第 1 版　2020 年 2 月第 1 次印刷
书　　号｜ISBN 978-7-5699-3206-5
定　　价｜48.00 元